W0462572

# L'ANNÉE
# LA PLUS CHAUDE

www.editions-jclattes.fr

Maxime Bultot

# L'ANNÉE LA PLUS CHAUDE

*Roman*

LA GRENADE
JC Lattès

Conception graphique de La Grenade : Sarah Kahn
Couverture : Manon Bucciarelli

ISBN : 978-2-7096-6738-8
© Éditions Jean-Claude Lattès, 2021.
Première édition avril 2021.

*À Louve*

« Je sais que je ne peux pas rester ainsi longtemps. Parfois je me demande, au milieu de la nuit, ce que je deviendrai si ça continue. Je suis angoissée par la monotonie de ma vie. J'attends quelque chose au fond de mon cœur. »

Yasujiro Ozu, *Voyage à Tokyo*

# 1

Il fait chaud cet été. Tellement chaud que les arbres ont décidé que c'en était fini. Il s'est installé partout une couche de feuilles mortes, en plein mois de juillet, comme si l'automne était arrivé en avance. Ça en a étonné plus d'un, ma mère en premier. La météo, c'est son sujet de prédilection. Une averse lui donne de quoi causer pendant deux heures. En Belgique, les escadrons de nuages gris occupent ses conversations à plein temps. Mais avec l'arrivée du soleil et les 35 degrés qui hurlent sur nos têtes, la chaleur a pris la première place de ses discussions.

Il y a de quoi. 31 degrés dans notre salon. Nos sous-vêtements nous collent à la peau. Et interdiction de se mettre tout nu. Pas chez nous. Papa dit qu'on n'est pas des connards de nudistes, qu'on vaut mieux qu'eux. Ça fait longtemps qu'il a une dent contre ces gens-là. Depuis nos vacances à la mer lorsque j'avais huit ans, en fait. Les seules qu'on ait jamais passées en famille.

Notre voisin possédait un appartement sur la côte qu'il nous avait prêté quelques jours, parce que Papa l'avait aidé à remplir ses contributions et qu'il avait pitié de nous voir errer dans le jardin. On avait préparé nos valises, on s'était entassé dans la ferraille qui nous servait de voiture : une Renault Espace rouge dont la portière avant droite avait été remplacée par une bleue. Une priorité oubliée. Papa avait été contraint de changer la pièce d'origine avec une autre trouvée sur internet. On avait beau lui répéter qu'on avait l'air de crétins avec notre voiture bicolore, lui, il s'en foutait. Il prétendait que notre bagnole était incroyablement plus joyeuse avec sa nouvelle carrosserie. Elle était un doigt d'honneur à toutes ces voitures grises, blanches et noires que les autres achetaient, un pied de nez à la monotonie du parc automobile.

Arrivé à l'appartement du voisin, Papa avait découvert que la plage la plus proche était réservée aux nudistes. Il avait refusé de marcher quelques centaines de mètres supplémentaires pour les éviter et s'était installé parmi eux, tout habillé, pour revendiquer sa liberté. Papa n'est pas du genre diplomate, et évidemment, ça s'était mal terminé. Il était rentré à l'appartement avec le col du tee-shirt élargi, les cheveux en bataille.

— On n'ira pas à la plage.

La sanction était tombée, et les nudistes ont pris une place de choix dans son esprit.

On n'y est pas retournés, à la mer. On a remercié le voisin comme il se doit. Papa a pris ses grands airs, ceux qu'il emploie avec les personnes qui ont plus d'argent, comme si cet air pincé allait changer quelque chose. Les vacances, on a dû tirer une croix dessus. Terminé. Et les nudistes pouvaient tous aller se faire enculer sur leurs plages de merde.

À part pour nous empêcher de courir en tenue d'Adam, le père n'est pas un bavard. Il est trop occupé à voler de Paris à New York en temps réel sur l'énorme ordinateur qu'il a acheté pour la famille. Six heures de traversée en direct. Sans pilote automatique, pour faire plus vrai. Avec mon frère Thomas, on fixe l'écran sans comprendre. Tout ce qui nous intéresse, nous, c'est de tenter des loopings avec des avions de ligne, même s'ils se terminent toujours en crashs monumentaux, ce qui énerve le commandant de bord, notre père. *Il faut respecter les appareils.* Si ce genre de respect implique une traversée somnifère de l'Atlantique, on préfère s'écraser au décollage.

En plus de piloter des engins au travers d'un monde numérique, Papa a un travail, comptable dans une entreprise de construction. Un dimanche matin, alors qu'on posait les fondations de la plus haute tour de Lego du monde, Papa nous avait rassemblés autour de la table du salon. Il avait ouvert d'énormes classeurs et nous avait expliqué comment il remplissait des tableaux avec des chiffres imprononçables et les additionnait avec une calculatrice plus grande que sa main. Thomas prétendait écouter, frottant ses yeux encore enduits des rêves de la nuit. Il était pourtant responsable de cette discussion. En classe, mon frère avait expliqué à son institutrice que notre père comptait les sous pour construire des maisons. Papa n'était pas d'accord avec cette version réductrice. Autour de notre table en faux marbre, il avait fait valser les feuilles avec un enthousiasme forcé et s'était déclaré prêt à répondre à toutes nos questions, mais aucun de nous n'avait envie d'en savoir plus. Personne ne désire jamais entrer dans les détails avec lui. Moins on lui en demande, moins il met son nez dans ce qui ne le regarde pas. Papa adore prodiguer ses conseils à quiconque croise son chemin. Moi, je me suis rendu compte que personne, et mon père en premier, ne savait rien. Les adultes prétendent connaître la voie. En réalité, ils improvisent, naviguent à vue. Alors, leurs avis sur comment mener ma vie, ça fait longtemps que je ne m'y intéresse plus.

Maman, elle, reste à la maison à s'occuper de ses enfants. C'est ce qu'elle fait de mieux, selon elle. C'est faux. Un soir, avec Thomas, alors qu'on marchait dans le noir à la recherche de Mistigris, notre chat disparu, on a décidé que non, ce n'était pas ce qu'elle faisait de mieux. Sur notre liste, *les lasagnes* et *parler toute seule à voix haute* figuraient en tête, talonnés par *crier sur Papa pour qu'il arrête sa traversée aérienne.*

Le mois de juillet vient de se terminer, j'ai fêté mes treize ans comme j'avais fêté mes douze, mes onze et mes dix : dans une relative indifférence. Maman m'a quand même acheté une tarte au riz au supermarché du coin, qu'elle a décorée avec les bougies à moitié fondues dénichées dans ses tiroirs. Huit flammes dansaient devant moi. Le compte n'y était pas, mais on était tellement habitués que personne n'y a prêté attention. J'ai soufflé ces bougies avec l'espoir que cet été soit différent des précédents, pour chasser la certitude tenace que rien ne se passerait jamais avec cette famille.

# 2

Dans le salon, Papa est en phase d'atterrissage, à Rio cette fois. Il a décollé le matin avant de partir travailler et a enclenché le pilote automatique pour le reste du trajet, sous nos regards interloqués, espérant retrouver son avion en vol à son retour.

Couché sur le divan, j'observe Thomas dessiner une moustache sur la lèvre supérieure d'une star d'un magazine télé lorsque la voix de Maman nous parvient des fourneaux. Le repas est prêt. Obligation de se laver les mains. Pas dans la cuisine, c'est dégueulasse. Dans la buanderie, là où Papa a installé un vieux lavabo trouvé en bord de route, entre la machine à laver et la planche à repasser, parce que Maman en avait marre qu'on souille son évier de nos doigts couverts de terre.

Thomas, lui, ça l'arrange. Il préfère se soustraire au regard maternel pour cette opération. À l'école, on lui a expliqué que des milliers de bactéries peuplaient notre corps, il ne fallait pas abuser du savon afin de conserver les meilleures d'entre elles. Depuis, il applique la consigne à la lettre. Il ne se nettoie qu'en cas d'extrême nécessité, la plupart du temps sous la surveillance d'un adulte. Quand nous sommes seuls, il m'accompagne en silence, s'appuie contre le mur à côté de la porte, les mains croisées derrière le dos, et patiente jusqu'à ce que j'essuie les dernières perles d'eau sur ma peau.

De la vapeur s'échappe de la casserole posée sur la table à manger pendant notre absence. Papa, triomphant, a immobilisé son avion en milieu de piste et se retourne vers nous, à l'affût d'une réaction. Nous, on en a fini d'être enthousiastes. Il paraît que les passagers applaudissent quand le pilote réussit l'atterrissage. C'est étrange. Après tout c'est son travail au type, encore bien qu'il se pose sans encombre. Papa, lui, clame qu'il ne l'a jamais fait. Pas qu'il ait eu souvent l'occasion. Il ne l'avouera jamais, mais je sais que la seule fois où il a foulé le tarmac d'un aéroport remonte à son voyage de noces.

Maman émerge de la cuisine, un plat de sauce lové dans ses maniques comme un œuf dans son nid. Spaghettis bolognaise ce soir. Notre mère détient moins de dix recettes dans sa collection, on les a comptées avec Thomas. Si les lasagnes sont ce qu'elle réussit le mieux, les spaghettis bolognaise sont ce qu'on mange le plus, avec du parmesan râpé industriel, celui qui goûte la sciure, enveloppé dans son emballage en plastique rouge qui crisse sous les doigts.

Ce soir, Papa se révèle d'une humeur joyeuse. Paris-Rio sans encombre, il y a de quoi être fier. On s'installe chacun à notre place, autour de la table ronde, celle dont les parents rêvaient. Notre mère l'a reçue le jour de ses trente ans et l'a recouverte sans tarder d'une épaisse nappe cirée rougeâtre aux dessins de fruits. Hors de question de rayer son cadeau d'anniversaire. Il est maintenant impossible d'apercevoir le verre reposant sur les pieds en fer forgé.

Face à moi, Thomas forme un volcan de pâtes, y coule une lave de bolognaise. Il termine chaque repas allongé dans le divan. Maman dit qu'il mange trop vite, avale trop d'air, il finira comme un ballon. Mince comme il est, on peine à croire à cette prophétie, mais on la laisse parler. On n'a jamais le dernier mot avec elle.

À peine servi, Papa frappe son couteau contre son verre, comme s'il s'apprêtait à prononcer un grand discours. Nos yeux se tournent vers lui. Notre père ne fait jamais ce genre de chose. La dernière fois, c'était pour nous parler des vacances à la mer. On sait tous où ça nous a menés.

Il s'éclaircit la voix, lève le regard vers chacun de nous. Une perle de sueur glisse dans ma nuque.

— Nous allons commencer de grands aménagements.

Le silence s'installe. Thomas remue sur sa chaise, lève le bras pour poser une question. Papa l'interrompt d'un geste ferme et poursuit. Il n'a plus de travail depuis ce midi. Il a quitté ce qui constituait pour lui un fardeau, après de longs mois de réflexion. Pour le moment, il n'en veut pas de nouveau. Il se sent libéré et veut profiter de ce moment qui s'offre à lui pour avancer sur des choses depuis trop longtemps mises de côté. Notre père sourit à chacun de nous, compose un air enjoué. Thomas le dévisage, la bouche béante, sa fourchette plantée à la verticale dans son volcan. Sous le sourire figé affiché par notre père, ça ressemble plutôt à un licenciement qu'à un nouveau départ. Maman l'observe, en retenue. Elle est déjà au courant, ça se voit.

Tout ça me semble absurde. Notre père, qui n'a jamais pris plus d'une semaine de congés d'affilée, va désormais rester chez nous, tous les jours. Je tente d'imaginer notre quotidien, à quatre dans cette maison, mais mon esprit trébuche.

— Ce sera l'occasion de faire des choses en famille.

Je m'étrangle à ces mots. La bouche de mon frère s'affaisse. Nous, avec Thomas, on ne souhaite rien de plus que de parcourir la campagne, jouer au foot dans le jardin. C'est comme ça depuis des années. Ce n'est pas grand-chose, mais ça nous plaît.

Papa insiste. Il n'a pas quitté son travail sans raison. Il prend un moment pour rénover la maison dans laquelle nous vivons depuis des années. Il va enfin nous apprendre à enfoncer un clou, à devenir des hommes bricoleurs, parce que notre participation est requise. Je cherche du soutien dans le regard de mon frère. Réfugié dans son assiette, il fixe la lave de bolognaise comme s'il espérait qu'elle s'enflamme.

On connaît la fréquence d'utilisation des outils du garage, on sait aussi dans quel état se trouve notre maison. Si notre père doit choisir entre la retaper et voler à travers un monde digital, il penchera toujours pour la seconde option. Il n'est pas rare que l'on retrouve un marteau à côté du clavier, échoué sur le bureau familial en même temps que les bonnes intentions paternelles.

Les paumes de notre père s'abattent sur la table. Le choc secoue nos assiettes et disperse la torpeur ambiante.

— On va fêter ça !

Il se dirige vers la cuisine, revient avec une bouteille d'Asti, le vin préféré de Maman, et nous sert un centimètre de mousseux sous le regard désapprobateur de notre mère. Tout ce qui peut altérer nos fonctions cérébrales provoque chez elle la plus vive répulsion. Mais ce soir, elle laisse faire, et nos verres font résonner les tintements clairs des célébrations. On ne croise pas les bras, on se regarde dans les yeux, obligé, sinon ça porte malheur, et Maman veille à la tranquillité de cette maison.

J'avale l'alcool d'un trait. Les bulles roulent sur ma langue et réchauffent ma gorge. Thomas rigole, fier de cette nouvelle expérience. Autour de la table, la nervosité s'évanouit pour un temps. Papa poursuit sa partition de chômeur volontaire, se croit meilleur acteur qu'il n'est. Moi, j'enchaîne les bouchées de pâtes. Mon estomac m'implore d'arrêter, mais je l'ignore. On ne quitte pas la table tant qu'on n'a pas vidé notre assiette, en compassion pour nos amis africains qui meurent de faim dans leurs pays désertiques. C'est la règle. Je m'efforce d'avaler les dernières pâtes, sens leur lente progression dans mon œsophage. Cette fois, c'est moi qui ai mangé trop vite.

Papa débouche une nouvelle bouteille. Un grand rouge primé, comme il aime le répéter. Et pas cher en plus ! Grand rouge ou pas, la bouteille y passe à chaque fois. Il prétend qu'il n'en boit que le week-end. Hors de question de picoler la semaine. Il laisse ça aux poivrots, ceux qu'on retrouve au bar du village tous les jours après le travail. Il sait se tenir, lui. Il est éduqué. Pas la peine de s'inquiéter. Je n'ose pas lui faire remarquer qu'on est mardi.

Je me réfugie dans ma chambre, m'allonge sur le lit défait. Le sang vibre dans mes tempes. Mon ventre se débat avec ce qu'il vient d'accueillir. Il est 21 h 30. Il fait 32 degrés. La transpiration perle sur mon torse nu.

La voix de mon père perce l'atmosphère de cette fin de jour et s'élève jusqu'à ma chambre. Avec Thomas, on l'appelle Robert lorsqu'il a bu. Robert, c'était le nom du facteur du village. Un facteur comme on n'en fait plus, qui consacrait autant de temps à siroter la goutte qu'on lui servait qu'à distribuer le courrier. Robert, c'était celui qu'on retrouvait endormi à l'arrêt de bus près de l'église avec sa sacoche encore pleine. C'était un homme au visage tellement rouge qu'il paraissait avoir pris un coup de soleil toute l'année. Tout le monde y allait de son anecdote sur Robert. Il avait animé le village de ses aventures avant de nous quitter brusquement, noyé dans le genièvre, qu'il appelait *ma maîtresse* en riant.

Robert, c'est devenu le double alcoolisé de Papa, celui qui parle fort, qui veut nous prendre dans ses bras parce qu'il nous aime, qui crie tout haut ce qu'il pense de ce monde. Et il en pense, des choses. Qu'on vit dans une société de conformistes, de miséreux, dirigée par les francs maçons et les Illuminati. Quand Robert débarque, ce qu'on peut anticiper en surveillant le niveau de la bouteille de rouge, il est temps de disparaître. L'heure d'aller au lit a sonné. Maman va s'en occuper.

Thomas ouvre la porte de ma chambre, les yeux rivés au sol, et s'assied sur le matelas pneumatique installé le long du mur. Mon frère pourrait dormir dans la pièce d'à côté, dans son propre lit, mais Robert l'effraie. Il a apporté ce matelas un soir d'hiver, alors que la voix de mon père résonnait au rez-de-chaussée. Il avait promis qu'il resterait juste le temps d'être rassuré. Seulement voilà, ce lit de fortune n'était plus jamais sorti de ma chambre. Papa s'est opposé à cette nouvelle habitude. Ça servait à quoi qu'on ait chacun notre chambre ? Il pouvait dormir dans le salon tant qu'il y était ! Depuis, Thomas est contraint d'aller se coucher dans la sienne, avec ses murs tapissés du papier peint jaunâtre choisi par nos parents avant sa naissance, mais il ne manque jamais de me rejoindre dès que le besoin se fait sentir.

Assis sur son matelas gonflable, Thomas me demande :

— Est-ce que ça veut dire qu'on n'aura plus d'argent ?

Son angoisse envahit la pièce. Je lui réponds qu'il n'a pas à s'inquiéter, qu'on en a tant qu'il faut de l'argent, même si c'est un mensonge. Ça semble dissiper ses craintes. Il enfile son pyjama et se couche sur son matelas.

Dans la pénombre de la chambre, que la veilleuse qu'il a installée tapisse d'un voile rosé, je ne parviens pas à m'endormir, et remue les étoiles de cette nuit sans lune. Je n'ai aucune idée de ce que nous allons tous pouvoir faire dans cette maison, sous 35 degrés.

## 3

Jérôme habite à deux rues. On se connaît depuis toujours. Nos mères nous baignaient ensemble en Pampers dans une piscine gonflable à fleurs multicolores dès notre première année d'existence. En regardant la photo qui immortalise le moment, je me suis demandé si, ce jour-là, l'un de nous avait souillé l'eau, teinté la piscine d'une traînée brunâtre, rompant la douceur de l'instant, sous les cris dégoûtés de nos mères respectives. Jérôme en est capable. Il arrive souvent que son corps ne lui réponde plus. Quelque chose en lui empêche les mouvements fluides. Il pourrait trébucher sur la seule chaise présente dans une pièce vide. Sa mère l'a pourtant emmené chez des médecins, des spécialistes aux lunettes à monture épaisse aptes à déceler n'importe quelle anomalie de l'oreille interne à coups de lasers. Sans résultat. Il était né comme ça. Ce n'était pas grave, on ne pouvait rien y changer. *Jérôme est maladroit.* Il avait alors tenté de réduire l'ampleur de ses gestes, de contenir ses élans, mais Jérôme pouvait essayer tant qu'il voulait, on ne change pas sa nature profonde. Plus il contenait sa maladresse, plus elle se manifestait avec fracas.

Il n'y a pas d'ordinateur chez Jérôme. Pour ses parents, c'est hors de question. Et ce n'est pas la seule différence entre nos familles. Ils ont cinq enfants. Dans le village, les gens disent en riant que ce sont de bons chrétiens. Je n'ai jamais compris pourquoi. Au catéchisme, on nous a enseigné que Dieu n'a eu qu'un fils et que Jésus est célibataire, si on réfute l'idée répandue par certains que le Messie s'est allongé avec Marie-Madeleine, ce qui ne ferait pas d'eux un couple et encore moins une famille.

Jérôme est le cadet et l'unique garçon du foyer. Son père conduit un poids lourd à travers l'Europe. Il rentre chez lui entre deux voyages, le laissant la plupart du temps seul homme à la maison parmi toutes les femmes. De ses quatre sœurs, Aurélie, la deuxième, est la plus jolie. Elle promène de longues jambes qu'elle emballe dans des collants sombres surmontés de jupes fleuries. Elle a remarqué que je l'observais. Son regard sur moi suffit à installer le rouge sur mes joues. Je sais qu'elle fait ça pour s'amuser, elle trouve ça mignon, mais au fond elle me considère comme un être sans intérêt.

Jérôme ne s'annonce jamais à notre porte d'entrée. Dans le village, les sonnettes servent aux étrangers et aux témoins de Jéhovah. Les amis et la famille contournent la maison, quitte à débarquer sans prévenir. Ce matin, Jérôme me retrouve dans le jardin alors que je tente de regonfler notre dernier ballon de foot, après qu'il a atterri dans les fils barbelés du champ d'à côté. Un beau tir pourtant. Thomas avait enfilé ses nouvelles chaussures à crampons pour l'occasion. Planté entre deux boîtes de conserve délimitant le goal, j'ai vu passer le ballon à quelques centimètres de mes doigts, avant qu'il s'écrase sur un fil acéré. Ça n'a pas pardonné. Les balles en plastique ne sont pas faites pour durer, mais nos parents ne veulent pas l'entendre. On n'a qu'à prendre soin de notre matériel, même s'il est de piètre qualité. Je tente le tout pour le tout, mais cette fois, impossible de sauver celle que je tiens entre les mains.

Jérôme s'avance jusqu'à nous, incline la tête et fronce les sourcils, comme s'il essayait de comprendre l'opération en cours, avant de renoncer à trouver une explication. Il a une idée. Il veut aller aux Caraïbes.

Les Caraïbes, c'est l'ancienne carrière de la commune. Tout le monde l'appelle comme ça parce que l'eau de son lac y est transparente aux rives et d'un bleu profond en son centre. Il est interdit de s'y baigner, mais tous les jeunes de la région s'y rendent au moindre rayon de soleil. Nous aussi. On a treize ans. Ça fait longtemps que le maître nageur a dégonflé nos bouées.

Il fait trop chaud aujourd'hui. Jérôme veut aller y nager, et c'est l'endroit idéal pour poursuivre notre collection. Parce que les visiteurs ne font pas que s'y baigner. Ils y oublient toujours quelque chose. Depuis l'été dernier, Jérôme collectionne ces objets, résidus de leurs passages. Des pinces à épiler, des essuies, des emballages de préservatif, des lunettes, des sandales, des bracelets, que nous trouvons dans l'eau ou sur les berges du lac, sont désormais entassés dans l'abri de jardin de Jérôme. Il voudrait le transformer en musée, le Musée des Objets Oubliés. Ce qu'il néglige, c'est que la plupart des pièces de cette collection ont appartenu aux visiteurs des Caraïbes, c'est-à-dire nos voisins. Ça n'a pas l'air de le perturber. Jérôme table sur leur amnésie, et répète sans cesse son idée : faire payer les gens pour voir les objets qu'ils ont oublié avoir égarés.

Il y a trois mois, nos recherches ont dû être suspendues. La sœur de Jérôme avait cafté après une dispute. Sa mère avait pris soin d'avertir la mienne. La sanction était tombée : les maillots avaient aussitôt disparu de nos armoires. Confisqués. Le lac était un endroit dangereux, on était inconscients, on risquait nos vies. Il atteignait presque trente mètres en son centre, formant un puits qui le reliait à la nappe phréatique. Un coup de pelleteuse mal placé avait libéré un flot constant, noyant la carrière en un mois à peine. On parlait de disparus avalés par le fond, mais personne ne pouvait confirmer ces rumeurs. Avec Jérôme, on se disait que c'était juste pour nous faire peur. On s'en foutait. Rien autour de nous n'égalait ce lac.

Le temps avait fini par jouer son rôle, et nos mères avaient baissé la garde. Elles ont toujours de grandes résolutions, mais force est de constater qu'elles ne résistent pas longtemps. Avec Jérôme, à chaque fois que nos mères ont de nouvelles lubies, on parie sur la fin de leur application. La période stricte dure trois jours, puis s'ensuit une longue phase de relâchement où elles prennent conscience de l'énergie considérable nécessaire au maintien de ces nouvelles mesures. Cette étape se maintient environ deux semaines, avec de brefs retours à la phase une. L'extinction définitive a lieu après une vingtaine de jours. Une fois de plus, les maillots avaient confirmé la règle. Passé ce délai, ils avaient retrouvé leur place dans nos armoires.

Durant l'interdiction, Jérôme avait continué d'étoffer la collection avec les objets trouvés lors de ses trajets en VTT, à sillonner le village et ses environs. Il a aussi rapporté une petite récolte de ses dernières vacances, dont une culotte de bikini blanche décorée d'ananas roses. Le trésor du Center Parc, comme il aime l'appeler. Je n'ose pas demander où il l'a trouvée, mais Jérôme n'est pas sensible à ces considérations : un trésor, c'est un trésor. Les pirates ne se posent pas de questions quand ils découvrent un coffre rempli d'or, ils l'emportent, c'est tout.

Parfois, je me demande pourquoi Jérôme déploie tant d'énergie dans ces fouilles. Maman dit qu'il tente d'occuper un vide avec ces objets délabrés, que le musée doit être un prétexte pour combler l'absence de son père. C'est lui qu'il recherche aux Caraïbes.

Pour aller du jardin vers nos chambres, le chemin le plus court traverse la cuisine. Notre mère y passe le plus clair de son temps. Cramponnée à l'évier, elle enchaîne les cigarettes sans filtre, le regard au loin. Elle dit toujours *ma cuisine*, en insistant sur le déterminant, comme si elle avait peur qu'on ne la lui vole, peut-être parce que cet endroit est son dernier rempart face au monde, la seule place qu'il a bien voulu lui laisser.

Je grimpe les marches en bois vers le seul étage de notre maison. La peinture bleue de l'escalier s'efface sous nos pas, garde la trace des habitudes familiales. Je lance mon maillot et un drap de bain dans mon sac en toile beige.

Jérôme m'attend devant la maison, son short de bain aux motifs de palmiers déjà enfilé. Maman refuse de m'en acheter. Insister n'y changera rien. Un moule-couilles comme le mien est admis dans toutes les piscines des alentours. Le modèle de Jérôme, lui, est interdit dans les bassins communaux. C'est une raison suffisante pour m'obliger à me promener avec ce tissu élastique épousant mes parties génitales partout où il y a de l'eau.

Pour se rendre aux Caraïbes, il faut enfourcher nos vélos. Celui de Jérôme est rose. Sur le cadran, on distingue encore des pétales de fleurs. Comme il est le dernier de sa famille, il hérite des anciennes possessions de ses aînées. Il a en main ce qui fut le vélo d'Aurélie. En le recevant, Jérôme a d'abord contesté, c'était une bécane de gonzesse. Mais ses parents n'ont pas cédé, c'était ça ou rien. On a bien tenté de le charrier à ce sujet : il nous a jeté un regard si sombre qu'on a ravalé notre salive et nos moqueries avec. Depuis, Jérôme customise sa bécane en apposant des autocollants en forme de flamme et de têtes de mort, ce qui crée un mélange étrange, quelque part entre la princesse et le punk. Mais tout le monde garde ses commentaires.

Thomas s'est joint à nous cette fois. On ne pouvait pas l'abandonner, seul avec ses nouvelles chaussures et son ballon dégonflé. Il a enfilé son maillot, ses sandalettes en plastique bleu transparent, celles qui vous lacèrent la peau sous les malléoles, et s'est installé sur la selle pendant que je pédalais en danseuse. Il pourrait enfourcher son vélo, mais ne l'a plus sorti depuis la collision avec la BMW du bourgmestre, au retour de l'école. La voiture s'était arrêtée en travers de son chemin, à deux rues de chez nous. Il était passé par-dessus le capot, avait roulé sur la carrosserie, et était retombé sur ses pieds, indemne. Ça lui avait suffi. Papa a bien essayé de l'initier à nouveau aux joies des deux-roues, sans succès. Son vélo n'est plus jamais sorti du garage.

# 4

Pas de vélos devant le grillage en épaisse maille grise qui encercle les Caraïbes. Nous sommes les premiers. Cloué sur un poteau, un panneau blanc recouvert de lettres rouge délavé informe ceux qui l'ignorent encore que l'entrée sur le terrain est interdite, sous peine d'amende. L'année passée, un baigneur inspiré a cru bon d'ajouter son numéro de compte bancaire à l'indélébile noir précédé de la mention *à verser sur...*

Derrière ce panneau, le grillage est entaillé, ouvert tel un rideau. C'est la seule entrée pour les Caraïbes. L'été dernier, le gros Marko se postait devant pour faire payer l'accès, un euro. Personne n'a jamais eu l'esprit d'aller chercher une autre voie. On ne lui refuse rien. Il a presque vingt ans, des bras épais comme deux de mes cuisses. C'est le prix pour pénétrer au paradis. Cette année, Marko passe les vacances chez son oncle, dans la province voisine, libérant l'accès au lac.

Thomas descend de la selle, rebondit sur une jambe pendant que l'autre survole le vélo. Les fesses endolories par le trajet, il boite et tire sur son maillot pour le décoller de ses testicules transpirant. Jérôme attache son vélo à un arbre, passe la chaîne autour du cadre et des roues. Elle a beau être moche, sa bécane, c'est la seule qu'il possède.

On franchit le grillage et on se fraye un chemin au travers des broussailles. Le lac se découvre, d'un bleu puissant, presque irréel, insensible aux attaques brûlantes du soleil. Jérôme s'avance sur la rive, son sachet en plastique en main. C'est la première chose qu'il déploie en arrivant aux Caraïbes. Pas question de perdre du temps dans ses recherches. Dès son entrée dans l'enceinte de la carrière, il scrute les objets abandonnés au sol par les baigneurs. Il ne veut rien manquer. Un tour du lac et il s'assied. Quand il sera vieux, il sillonnera les plages du pays avec un détecteur de métaux au bras, à la recherche des trésors de la journée. Ce détecteur, c'était la seule chose qu'il avait inscrite sur sa liste de cadeaux pour Noël, l'hiver dernier. Les emballages en papier kraft ont finalement révélé un pull et une écharpe.

S'il a la couleur des mers des Caraïbes, le lac n'atteint jamais leur température, même pendant la canicule. S'y glisser demande du temps. Thomas, lui, ne connaît pas la méthode douce, il y plonge sans attendre. S'écraser serait le terme approprié. On a beau lui expliquer comment s'introduire dans ce lac sans faire de vagues, mon frère persévère dans la version brutale, gagnant au passage de jolies marques roses sur le torse. À la maison, Papa l'appelle le bulldozer. Ça donne une idée de sa délicatesse.

Je m'immerge à mon tour, observe Jérôme achever sa ronde avant d'enfoncer ses pieds dans l'eau. Le froid se répand dans mes muscles. J'avale une bouffée d'air chaud, plonge sous la surface pour explorer les fonds. Jérôme me fait confiance. Il se baigne rarement. Il nage comme un chien, la tête hors de l'eau, remue bras et jambes sans cohérence. On a pourtant suivi des cours de natation ensemble. Ça n'a pas l'air de lui avoir servi. Il supervise les recherches terrestres, et délègue les fouilles subaquatiques.

Sous l'eau, mes doigts parcourent la vase, se resserrent sur un manche. Une louche se découvre. Va savoir comment elle est arrivée là. C'est un des mystères de cet endroit. On peine à expliquer la présence de certains objets dans ces eaux, à percer leur improbable destin. Jérôme espère trouver un jour *la* chose qui justifierait toutes ces heures de recherche. Son rêve, ce serait un fémur de Tyrannosaure. Il sait que les chances sont minces, mais il ne perd pas espoir.

Je nage jusqu'à Jérôme, enfonce la louche dans son sachet. Un appareil dentaire trouvé sous une branche gît dans sa main, le troisième de notre collection. À chaque fois, on tente de découvrir à l'école qui va avoir droit à un nouveau tour chez l'orthodontiste. La dernière fois, c'était Martine, la fille de la directrice, qui l'avait perdu. Sa mère l'a punie pendant dix jours, interdite de récréation. C'est vrai qu'elle en avait besoin de cet appareil, avec ses dents comme un bataillon en déroute. On aurait pu lui rendre, lui éviter les foudres parentales, mais il était désormais une pièce maîtresse de notre collection. De toute façon, Martine en arborait un nouveau avec fierté deux semaines plus tard.

Je me hisse sur la rive et m'enroule dans mon drap de bain rêche. Quand ils ont dit à la radio que l'adoucissant contenait des produits dangereux pour la santé des enfants, Maman a cessé d'en utiliser et a vidé les bouteilles dans les toilettes. On s'essuie désormais avec des bouts de paillasson, grattant chaque parcelle de notre corps de leurs fibres rugueuses.

Alors que je pose le drap au sol, deux mains percutent mon dos et me propulsent dans le lac. Un rire transperce l'air, me parvient jusque sous la surface. Sophie nous a rejoints. Je me redresse, évacue les gouttes de mon visage. Elle a pris place aux côtés de Jérôme, noue ses cheveux en nattes derrière sa tête. Un large sourire découvre ses dents blanches.

Sophie s'est greffée à notre duo au début de l'été. Elle est dans notre classe depuis deux ans, et vit seule avec son père, le vétérinaire du village. Jérôme a insisté pour qu'elle intègre notre groupe. On avait besoin de sang neuf, une troisième personne ne serait pas de trop pour développer notre collection. Et puis c'était Sophie, et ce dernier argument clôturait les débats. J'ai feint d'accepter, n'osant pas m'y opposer. Et petit à petit, sans qu'on s'en rende compte, les choses ont changé.

On n'est allés qu'une seule fois chez le père de Sophie. On y avait emmené notre chat Mistigris parce qu'on pensait qu'il développait une tumeur abdominale. Le vétérinaire nous avait révélé que notre chat était en fait une chatte et qu'elle était pleine. Quatre embryons peuplaient son ventre. Dire que tout ce temps, on avait cru qu'il n'avait jamais eu de testicules. Un castrat sans castration. On est repartis du cabinet l'air con. Maman pestait, elle avait demandé un mâle. Sa tante lui avait affirmé que c'en était un. Elle prétendait que sa chatte tigrée qui venait de mettre bas ne produisait que ça de toute façon. Notre mère lui avait fait confiance, incapable de distinguer un mâle d'une femelle. Faut croire que sa tante n'était pas plus douée. Elle s'était plantée, le téléphone allait chauffer.

Nous, avec Thomas, on sautait de joie, on se disait qu'on allait pouvoir élever un gang de chasseurs de souris. La vérité, c'est qu'on n'a jamais vu ces chatons. Un matin, on avait retrouvé Mistigris dans le salon, lançant de longs miaulements plaintifs, le ventre vide ballant le long des pattes. Jérôme raconte que son grand-père les noie dans un seau ou les écrase dans un sac en toile de jute, ça dépend de son humeur. Je me demande ce que Papa a eu le courage de faire. Il n'a jamais voulu répondre à cette question malgré les pleurs incessants de Thomas. Ils ont duré une semaine entière. Notre père a tenu bon.

Sophie ne possède pas de chat, juste un énorme chien blanc, le genre de molosse qui t'arrive au torse, et je ne parle pas de quand il se dresse sur ses pattes arrière. Elle le promène seule dans le village au bout d'une courte laisse en cuir élimé. Tout le monde redoute que cette bête ne l'emporte et qu'il la traîne sur le bitume. Mais Sophie sait se faire obéir. Elle n'est pas comme les autres filles. Elle ose tout et nous dépasse d'une tête déjà. Jérôme l'appelle *La Flamme*, parce qu'elle a toujours une boîte d'allumettes en poche, au cas où, bien qu'on peine à en saisir la véritable utilité. Papa dit qu'on doit faire attention, qu'elle est pyromane. *Il faut toujours se méfier des femmes.*

Je regrette parfois le temps où on était seuls avec Jérôme. Mais Sophie possède un rire qui a vite fait oublier que les choses ont été différentes. Un rire sonore qui chatouille les intestins, remonte le long de votre colonne vertébrale et vous fait rire à votre tour.

De toute façon, tout ça aura bientôt une fin. Sophie déménage dans trois semaines, juste avant la rentrée. Son père a choisi de développer sa carrière, notre village est devenu trop étroit pour lui. À la fin des vacances, ils s'envoleront pour le sud de la France.

Je remonte sur la berge et m'installe aux côtés de Sophie. Quelque chose la démange, ça se voit. Son sourire s'est effacé. Ses lèvres remuent sans qu'aucun son n'en sorte. Je laisse venir, je préfère donner aux autres le temps de formuler leur pensée. Moi, le temps ne m'aide pas. Les mots restent bloqués quoi que j'y fasse. Sophie finit par soupirer :

— Maman veut me voir.

Sophie déteste évoquer sa mère. Elle la rencontre une fois par an, elle est obligée. Il faut garder le contact, c'est un besoin dont elle n'a pas encore conscience. C'est son père qui le dit. Il essaye de nourrir un lien là où le désert persiste. Chaque été, elles se donnent donc rendez-vous dans un restaurant au service à volonté. Sophie avale quelques bouchées à peine. Sa mère la joue complice, tente de détendre l'atmosphère à coups de clins d'œil, comme si une complicité dévorante les habitait.

Sophie nous a révélé son histoire par bribes, comme un puzzle qu'elle nous laisserait le soin d'assembler. La justice avait déclaré sa mère inapte à l'élever. Elle avait toujours vécu avec son père. C'est tout ce qu'on sait. Elle ne s'épanche jamais sur le sujet.

— Est-ce que tu veux en parler ? lui lance Jérôme.

— Non, ça ira.

Sophie se couche sur sa serviette, les yeux braqués vers le ciel.

— Je ne veux pas la voir, c'est tout.

Le silence s'installe sur les Caraïbes, le soleil nous inonde de ses rayons rageurs. Enveloppé dans le bout de tissu rêche qui me sert de drap, je regarde Thomas nager en cercles sur le dos, cracher des gorgées d'eau comme une fontaine. Il y a quelque chose de reposant dans cette vision. Le voir seul, au centre de cette étendue turquoise, tournoyer sans fin, provoque chez moi une sensation de profonde détente.

Des cloches résonnent au loin. Jérôme brise le silence. Il est l'heure de rentrer. Chez lui, le repas est servi à 12 h 15 piles qu'on soit là ou pas, et il déteste manger froid.

Je siffle pour prévenir Thomas. Il se rapproche de la rive, accélère sa nage maladroite. Il n'a rien emporté pour se sécher. Comme d'habitude. Je frotte les dernières gouttes au creux de mes reins avant de l'entourer de mon drap, quand une clameur s'élève de derrière les fourrés. La panique se lit dans le regard de Jérôme. Marko est de retour. Il n'est pas encore apparu dans notre champ de vision, mais nous avons reconnu sa voix grave. Les vacances chez son oncle sont écourtées.

Le problème de Marko, c'est qu'on ne peut jamais prévoir son humeur. Dans le village, certains le disent bipolaire, même si personne ne sait vraiment ce que ça veut dire. Brigitte, la patronne du café du centre, avait pourtant répondu à un test dans un magazine : *Vivez-vous avec un bipolaire ?* Appliqué à Marko, la conclusion ne faisait aucun doute. Mais quel que soit le diagnostic, tout le monde tombe d'accord pour dire que Marko est exécrable. Pourtant, chacun a en mémoire ce jour exceptionnel l'été dernier, où il était resté planté devant l'entrée de la carrière offrant à tous l'accès au lac. Ça n'avait duré qu'une journée, mais venant de lui, ça avait surpris.

Faut dire qu'il n'a pas eu de chance. Son père l'a abandonné avant sa naissance. On répétait que sa mère n'avait pas misé sur le meilleur cheval. Charly aimait trop la bouteille, tout le monde le savait. C'était loin d'être le plus bel homme du village, mais aucune femme ne lui résistait. Sa mère était parvenue à le garder un peu plus longtemps que les autres avant elle, mais il avait fini par disparaître, comme il l'avait toujours fait, alors qu'elle était enceinte.

Marko atteint la rive du lac, entouré de trois garçons de son âge, une casquette noire à treillis renversée sur la tête, suant à l'excès, d'une transpiration piquante, celle qui monte le long des narines et provoque des larmes aux coins des yeux. Personne n'ose lui dire, mais le marcel blanc qu'il porte tous les jours et épouse chacune de ses formes, dévoilant les seins qui s'affaissent sur son ventre, mériterait un passage en machine. À 60 degrés, avec supplément taches tenaces.

— Vous foutez quoi, là ? lance Marko.

— Qu'est-ce que ça peut te faire ? bondit Sophie.

— C'est à nous ici, maintenant.

— Je crois pas non, que je lui réponds.

— C'est pas toi qui décides ça…

Ils vont privatiser les Caraïbes. Désormais, ce lac leur appartient, c'est leur propriété. Personne ne pourra y accéder. Jérôme proteste. On ne peut pas lui retirer ce lieu, c'est un bien commun. Il n'est pas question qu'il se remette à sillonner les routes de campagne pendant de longues heures pour un maigre butin.

— T'as pas le droit ! s'écrie Jérôme.

Dans le village, personne n'ose affronter Marko. Il a fracassé le nez des quelques opposants au ticket d'entrée au moment de l'installation de son système, et Jérôme n'est pas du genre à faire peur, avec ses cheveux blonds mi-longs, une mèche avec laquelle il se bat sans cesse et l'espoir d'atteindre un jour le mètre vingt. Mais Marko aime les personnes qui disent ce qu'elles pensent.

Il se tait un instant. Au loin, le bruit des grues du nouveau centre commercial en construction perce le silence. Marko nous fixe.

— OK. Le premier qui nage jusqu'à la Jeep et revient gagne les Caraïbes.

La Jeep, tout le monde la connaît, mais personne ne sait comment elle a fini au fond du lac. La version colportée par Brigitte veut que l'ancien curé de la paroisse ait emprunté le véhicule du garde forestier pour faire quelques achats. L'homme en aurait profité pour mettre à exécution ses projets de fin de vie et aurait précipité la voiture dans le lac à pleine vitesse. Mais personne, pas même Brigitte, ne sait ce qu'il est advenu du curé. Aucun cadavre n'a jamais été repêché. La Jeep gît désormais au fond de l'eau, au bord du puits de trente mètres. Par temps clair, on peut apercevoir ses arceaux s'élever des fonds.

Jérôme accepte le défi de Marko, puis se tourne vers moi. Il préfère crever que d'avouer en public qu'il répugne toute forme aqueuse. Sophie me sourit. Elle croit en moi.

Marko désigne un de ses amis, le plus grand, un maigrichon avec des bras interminables. J'aurais pu m'arrêter là, renoncer à ce combat, mais Papa m'a appris à ne pas abandonner avant la bataille. David a gagné contre Goliath, lui. C'était il y a tellement longtemps. En me rapprochant de l'eau, je pense à tous les petits David écrabouillés depuis. Je pose mes lunettes sur mes yeux, grimace pour qu'elles épousent au mieux la forme de mes globes oculaires.

— Trois, deux, un… partez !

Mon corps pénètre dans le lac glacial. Mes muscles se contractent, mon esprit se réveille. Je remonte à la surface, avale l'air chaud du midi, et passe la main par-dessus ma tête, dans un mouvement de crawl tant de fois répété. La grande tige me devance déjà. Ses bras sans fin et la force de ses dix-huit ans le propulsent à travers la surface. Je redouble d'efforts, garde les yeux rivés sur mon adversaire.

En moins d'une minute, nous atteignons le centre du lac. Le fil de fer plonge sans prévenir. Je suis sa trajectoire, distingue enfin le 4×4. Incongru, mais majestueux. Je descends vers lui, alors que mon adversaire remonte déjà, et concentre mes forces pour atteindre le véhicule. La pression s'accroît sur mes tympans, ma main accroche les arceaux.

Je lève les yeux et distingue la silhouette s'avancer vers la rive. Il va gagner, nous allons perdre les Caraïbes. Un frisson d'effroi parcourt mon corps. Je donne une impulsion pour remonter à la surface mais heurte une masse lisse et froide dans la vase à mes pieds. Un rayon doré s'en échappe avant de disparaître aussitôt. Je cherche le fil de fer du regard, le vois s'avancer inexorablement vers la ligne d'arrivée. La course est perdue. Les minces chances de l'emporter se sont maintenant évanouies. Je glisse mes mains dans la vase, à la recherche de la source de cet éclat soudain quand le souffle me manque. Je poursuis les fouilles, refuse d'abandonner, ignore les appels de mon corps. Papa nous a toujours répété que notre chair peut plus que ce qu'elle nous dit. Lorsque les premiers signaux de détresse nous arrivent, lorsque la douleur se fait sentir, il faut tenir encore. L'armée le lui avait appris, lors de son service militaire. Tout est une question de mental, de volonté. Accablé par la pression de l'eau, dans la pénombre des fonds, je tente de poursuivre mes recherches, mais la surface m'appelle. Mes bronches se déchirent. Impossible de résister.

L'air remplit mes poumons de la chaleur de l'été. Au loin, des cris de victoire. Marko et ses potes triomphent sur la berge. Je nage sur place, cherchant encore ce qui a accroché mon regard, en vain. Le fond du lac reste d'un bleu profond, insondable.

Je rejoins le rivage, profite des derniers moments dans cette eau qui, déjà, ne m'appartient plus. Sur la plage, Jérôme ne dit pas un mot. La foudre illumine le regard de Sophie, les nerfs de Thomas ont lâché. Il rit sans pouvoir s'arrêter. C'en est fini des Caraïbes, notre paradis perdu.

Les insultes de Marko accompagnent notre sortie et hantent notre retour à vélo. Jérôme tente de les dissimuler, mais j'aperçois quelques larmes couler sur ses joues. C'est le vent, qu'il dit. Moi, je sais bien que le vent n'a rien à voir là-dedans.

# 5

Le groupe se sépare devant notre maison, sans un mot. Jérôme repart avec la maigre récolte du jour. Il se charge du nettoyage et du stockage dans l'abri de jardin de ses parents. Thomas descend du vélo, titube comme un chat après une anesthésie, endolori par le trajet en équilibre sur la selle. Sophie ne me quitte pas des yeux.

— Ça va ? me demande-t-elle.

J'acquiesce. Le souvenir de l'éclat doré s'agite en moi. Elle sait que je ne lui dis pas tout, mais elle accepte le mystère, se tourne en lançant un salut par-dessus son épaule, et disparaît sur son vélo.

Depuis toujours, quelque chose résiste entre Sophie et moi, une réserve nous tient à distance. Je vois bien qu'elle voudrait en savoir plus, mais une couche de titane me recouvre, et rien ne semble pouvoir la percer. Si elle découvrait ce qu'il se trouve vraiment, là, au fond de moi, j'aurais peur de la décevoir.

Sophie n'est pas la seule à se heurter à cette armure. Il y a quelques mois, à l'école, quand on nous avait demandé d'imaginer un paysage pour évoquer la personnalité de chaque élève de la classe, quelqu'un avait proposé pour moi un chalet au bout d'une longue route ardue et caillouteuse. Chaleureux mais inaccessible. J'avais accueilli cette description d'un air circonspect, mais tous avaient acquiescé. Maman, elle, clamait que peu importe la route qu'il fallait emprunter, j'étais son chalet chéri, quoi qu'on dise.

L'horloge poussiéreuse au-dessus de la porte du jardin indique 12 h 20. Ça fait des mois qu'elle a une heure de retard, parce que personne ne prend la peine d'ajuster ses aiguilles au changement d'heure. Papa ne sait pas qui a eu cette idée stupide d'emmerder tout le monde deux fois par an, mais il sait qu'on en finira un jour avec ces conneries. En attendant, on n'a qu'à calculer dans nos têtes. C'est pas bien compliqué.

Dans le salon, Thomas se débarrasse de son maillot et enfile son slip Superman, celui qu'il a reçu pour son anniversaire alors qu'il s'attendait à déballer une PlayStation. Papa avait argumenté son choix. Une console de jeux vidéo, ça se démodait au bout d'un an. Des slips Superman, ça t'accompagnait toute une vie. Ça n'était pas dénué de sens, mais ça n'avait pas atténué la déception de mon frère. N'empêche qu'il les porte tous les jours depuis deux ans, ces slips, et donne raison à mon père sans le vouloir.

Deux heures s'écoulent dans l'ennui. Je me retourne sur le cuir verdâtre de notre canapé, avale un morceau de pain rassis, quand Maman débarque de la cuisine, le visage rougi, ses cheveux blonds méchés remontés en un chignon brouillon, sa frange tombant sur ses sourcils. Elle s'avance vers moi.

— Habille-toi, on va faire des courses.

Thomas se lève.

— Non, tu peux rester à la maison, toi.

Maman pivote sur ses talons, grimpe à l'étage. Confus, Thomas se rassied. Il n'est jamais autorisé à rester seul chez nous. Ce serait irresponsable. Des tas d'enfants meurent chaque jour de négligence parentale. Maman a toujours une statistique glaçante sous la main, comme si elle tenait un registre de chiffres morbides pour pouvoir justifier chacune de ses décisions. Aujourd'hui semble pourtant échapper à la règle. Devant les possibilités qui s'offrent à lui, un sourire se dessine sur les lèvres de mon frère.

Sous cette chaleur, je peine à me lever et sens chaque centimètre carré de ma peau se détacher du cuir. Je monte enfiler un tee-shirt et saute dans mes baskets délavées. Maman m'attend au pied de l'escalier. Elle a sorti une robe fleurie, posé un trait d'eye-liner trop prononcé sur ses paupières lourdes. Sans un mot, elle ouvre la porte d'entrée et s'enfonce dans la canicule comme le premier astronaute sur la lune.

Deux kilomètres nous séparent du magasin. Notre village a grandi le long d'une nationale où tous les commerces se concentrent, pour qu'on puisse se garer devant chacun d'eux sans peine. Papa dit que les gens en ont marre de marcher. Aux États-Unis, on peut aller à la banque et à la pharmacie en drive-in. Encore quelques années et ça deviendra la norme ici aussi. C'est le futur, il en est certain. En attendant, nous, on est bien obligés d'user nos semelles pour s'approvisionner en son absence.

Le trajet semble sans fin sous ce climat saharien. Trois semaines que le thermomètre caresse les 39 degrés. Même le goudron a déclaré forfait. Il dégouline, se déforme et souille à jamais ce qu'il touche de ses ténèbres poisseuses. À la télévision, ils ne savent plus quelles couleurs utiliser pour différencier les niveaux de chaleur. Quand ça passe au noir, comme dans certaines régions de France, t'as intérêt à rester dans ta cave entouré de ventilateurs, si tu ne veux pas passer dans l'au-delà avec tous les petits vieux déshydratés que les familles oublient dans leurs mouroirs.

La transpiration assombrit le dos de Maman. Les fleurs rouges plongent dans l'ocre humide. Nous passons devant le supermarché, mais elle poursuit son chemin, avant de s'immobiliser face à un immeuble de cinq étages au crépi blanc flambant neuf, à moitié dissimulé par le panneau publicitaire planté dans la pelouse de l'entrée principale. *Appartements à vendre.* Maman s'enfonce dans l'allée centrale sans me laisser le temps de m'y opposer.

À l'intérieur règne une odeur de poussière mélangée aux produits de nettoyage. Tout est blanc, immaculé. Un homme chauve aux lunettes dorées nous salue et nous illumine de ses dents, de la même couleur que les murs de la pièce. On fait comme chez nous. Ce sera peut-être bientôt le cas, d'ailleurs. Il rit de sa propre blague, ravale sa salive devant notre manque de réaction. Toutes les informations se trouvent dans le fascicule en papier glacé qu'il nous tend, mais il reste disponible pour toute question. Je saisis le catalogue. Sur la couverture, une famille réunie sur un divan sourit à pleines dents. Ils ont le même dentiste que l'agent, c'est sûr. L'homme aux lunettes m'adresse un clin d'œil. Je tente de lui renvoyer un sourire qui se transforme en grimace. Maman s'avance dans le salon sans un mot.

Je glisse ma main sur une commode laquée. Pas de trace de poussière, pas de marque d'usure, pas de récupération, que du neuf. Dans la cuisine, deux sexagénaires ouvrent les tiroirs un à un, comme s'ils avaient perdu quelque chose. Un jeune couple s'embrasse sur les chaises colorées de la terrasse. Maman survole l'appartement du regard, se dirige vers une des chambres désertes, et s'assied sur le lit. Je referme la porte derrière moi, m'installe à ses côtés. Ma mère me fixe, ouvre la bouche. Aucun son n'en sort. Dehors, les rugissements des moteurs sur la nationale.

— Qu'est-ce que tu en dis ? lâche-t-elle enfin.

Je regarde mes pieds, me demande ce que nous faisons là, dans un appartement hors de prix. Par la fenêtre, le ciel projette son bleu infini. Maman déglutit.

— Tu sais, Alex, tu es grand maintenant. Tu peux entendre qu'un jour, peut-être, je partirai.

Dans la cuisine, les retraités continuent de chercher.

— Je n'ai pas encore pris de décision, mais sache que j'y pense, parfois. Et que ça n'a rien à voir avec toi. Ni avec Thomas.

Elle dit ça comme si elle racontait l'histoire de quelqu'un d'autre, sans me regarder. Maman caresse mes cheveux, arrête une main sur mon épaule, et dépose un baiser sur mon front. Son gloss à la pêche colle à ma peau. J'observe la chambre, me demande avec quel argent ma mère pourrait bien s'offrir ce logement. Au creux de mon ventre, une fissure se crée. Je réfléchis à toute vitesse. Maman a bien passé quelques jours chez son frère *pour respirer un peu*, mais c'était il y a plus d'un an. J'ai envie de la serrer dans mes bras, de lui dire que, moi aussi, je rêve d'autre chose pour cette famille. On mérite mieux. Mais les mots restent bloqués dans ma gorge. Assis sur le lit, je repense à l'éclat des Caraïbes. La solution à nos problèmes réside peut-être dans la vase, au fond du lac.

Le long de la nationale, face aux assauts du soleil, la tache sur la robe fleurie s'agrandit encore. Le soleil cogne chaque centimètre de ma peau, le visage de ma mère rougit sous l'effort. J'enfonce mon regard dans les fleurs ocre. Un jour, elle va partir.

Maman s'immobilise sans prévenir devant un magasin d'électroménager. De larges banderoles *liquidation* sont affichées en vitrine. Le vendeur nous accueille avec un sourire mécanique, avant de nous regarder, l'air désolé dans son polo bleu et jaune, à l'abri dans son magasin climatisé : il n'y a plus de ventilateur premier prix. Je sens la sueur couler sous mes aisselles, le long de mes flancs, pendant qu'il nous vante le seul modèle restant, impayable. Je patiente, prétends écouter le vendeur filiforme, me laisse envahir par les effluves de son déodorant bon marché et me demande si on pourrait former un nœud avec ses jambes interminables. Maman finit par lui avouer qu'elle n'a que quarante euros en poche. Le vendeur s'arrête, perplexe, et se dirige sans un mot vers un autre client aux chaussures trop vernies.

Ma mère reste sur place, interdite. Elle déteste se faire snober, enfin c'est ce qu'elle dit. Elle n'osera jamais exposer au vendeur sa manière de penser. Moi, je profite de l'air conditionné pendant dix minutes encore, flânant au hasard entre les allées, parmi les appareils à raclette et des robots qui coupent les légumes selon des formes originales, vous assurant le plus bel effet auprès de vos convives.

Sur le trajet du retour, Maman ne prononce pas un mot. J'ignore si c'est la chaleur qui l'en empêche ou si ses pensées monopolisent son esprit. Moi, l'air conditionné m'a remis les idées en place. Ma mère ne peut pas s'en aller tout de suite. On ne part pas de chez soi pour toujours avec quarante euros en poche.

Dans le salon, les capteurs d'un cockpit d'avion de ligne clignotent, une alarme stridente retentit. Cramponné au joystick en plastique noir rongé par la transpiration, Thomas tente une nouvelle acrobatie vouée à l'échec sur l'ordinateur familial. Pas question d'abandonner. On a parié. Deux semaines dans les mêmes sous-vêtements sans pouvoir les laver si l'autre réussit le looping en premier.

Le minuteur en forme de vahiné gît à gauche du clavier, inactif, pour une fois. Pas plus d'une heure par jour devant l'ordinateur. Maman a lu dans le *Télépro* que c'est nocif pour notre cerveau, elle ne veut pas que ses fils finissent par tuer tous leurs camarades de classe à la kalachnikov, comme les Américains le font chaque semaine. Sa voix résonne exactement trois secondes après la sonnerie de la vahiné. On a compté. Elle ne rigole pas avec cette règle. Quand le sablier est écoulé, tu as intérêt à te crasher sans tarder, sinon elle déboule de la cuisine et débranche aussitôt la prise de l'ordinateur pour mettre fin à tes expériences aériennes. Elle ne fait pas ça pour nous énerver, c'est juste le seul moyen qu'elle connaisse pour éteindre la machine.

Elle a pourtant essayé de se mettre à l'informatique. À l'aube du nouveau millénaire, la commune avait organisé des formations destinées aux femmes au foyer, pour les initier aux nouvelles technologies et leur permettre d'entrer dans le XXI^e^ siècle avec le reste de l'humanité.

Maman s'était inscrite, pleine d'espoir, mais s'était rapidement découragée. C'était une initiation. L'informatique étant en perpétuelle évolution, il serait important de continuer à entretenir ses connaissances pour pouvoir faire face aux changements. C'en était déjà trop pour Maman, elle n'y était plus jamais retournée. Tirer sur la prise, qu'on soit formée ou pas, restait de toute façon la meilleure manière de nous empêcher de devenir psychopathes.

Sans surprise, Thomas a profité de notre absence pour s'affranchir des règles. Maman lui ordonne d'arrêter, mais il refuse d'obtempérer. Il y est presque, il le sent. Si on fait abstraction de l'alarme et des voyants en alerte, tout se déroule plutôt bien. Maman n'est pas de cet avis. Ce n'est qu'un jeu, il doit arrêter tout de suite, sans discuter. Thomas agrippe notre mère, pousse des cris stridents pour l'empêcher de débrancher la machine, mais elle a déjà posé ses doigts sur la prise. Elle tient mon frère à distance d'une main et, de l'autre, tire d'un coup sec sur le câble. Sur l'écran, l'avion disparaît dans le néant, comme une étoile s'éteint dans la nuit.

Les yeux de Thomas se révulsent, il agrippe son fusil à billes, dirige le canon vers Maman en vociférant. Pour notre mère, cette réaction est une nouvelle preuve que ses enfants ont pris la voie de la maladie mentale. Les jeux vidéo ne font que ramollir notre cervelle. Elle se met alors à hurler. On est privés d'ordinateur, tous les deux. Et Thomas ne reverra jamais son fusil à billes. Elle pose sa main gauche sur le canon du 9 mm en plastique, avant d'abattre ses cinq autres doigts sur sa joue.

Le silence tombe dans le salon. Thomas est désormais revenu de sa folie, on ne menace pas sa propre mère avec une arme. Son visage s'en souviendra pendant quelques heures encore. Maman l'observe, confuse, avant de tourner les talons et de claquer la porte. On est bons pour faire des loopings dans notre tête tout l'été.

# 6

Une nuée de têtards nage dans la casserole au fond du jardin. Avec Thomas, on l'appelle l'étang. Ces bestioles, on les a trouvées dans un trou d'eau, sur un chantier voisin. On a décidé qu'une fois devenus grands, on les amènerait aux Caraïbes. En attendant, on les nourrit à la salade. Ça a l'air de leur plaire. Papa laisse faire, mais il ne veut pas en entendre parler. Ce sont les seuls animaux que nos parents ont acceptés, pour un temps déterminé. Pas question qu'on élève des grenouilles. Pour Mistigris, notre chat, c'est différent. C'est elle qui nous a choisis. Elle s'est installée un jour dans le sac de ma mère et n'a plus voulu le quitter, malgré les tentatives de notre père pour l'éloigner.

Allongé à l'ombre de la maison, sur un transat usé, une bière posée sur son ventre glabre, Papa m'observe nourrir mon élevage d'un regard absent. Il émet un grognement, détourne ses yeux vitreux et retourne à sa rêverie. On en est là des congés pour les travaux.

Je retourne à mes têtards, les contemple frétiller dans l'eau. Thomas me rejoint, un avion de papier dans les mains. L'engin traverse l'air au son des moteurs que mon frère s'efforce d'imiter. Il s'agenouille devant l'étang, écrase l'appareil sur mon torse. La pointe de papier plonge dans ma peau.

— Alex, Thomas ! On va pouvoir commencer à nous trois.

Je tourne la tête. Mon père se tient debout, à côté du transat, le regard illuminé, de ceux qui ont de grands projets. Je voudrais fuir, retourner aux Caraïbes et plonger vers la Jeep, mais mon père me fixe.

J'attrape le bras de Thomas pour qu'il ne puisse pas m'abandonner. Pas question d'être le seul à subir les ambitions paternelles. Papa enfile son tee-shirt vert troué à cause des mites, pas du travail acharné, et se racle la gorge.

— On va commencer par nettoyer la cour, annonce-t-il.

Deux balais, des seaux. Thomas sort le tuyau d'arrosage. On aura au moins de quoi nous rafraîchir. Papa nous explique la marche à suivre ; d'abord mouiller et frotter, puis pousser les résidus vers la route.

De tous les travaux qu'on pouvait entreprendre, Papa a donc choisi son allée de garage. Rien ne vaut une entrée bien entretenue, une haie régulièrement taillée, même si notre maison tombe en lambeaux. Ça fait le plus bel effet. Les voisins se diront que c'est soigné chez nous, qu'on est un foyer irréprochable. On veille à l'harmonie du quartier. Rien ne dépasse. Nous sommes des leurs. Tant pis si la douche rongée par le calcaire coule en un mince filet depuis des mois, tant pis s'il faut éviter la troisième marche de l'escalier parce qu'elle risque de céder, tant pis si notre bibliothèque est constituée de caisses en carton.

Papa ne nous lâche pas avant d'avoir éliminé tous les résidus des pavés de la cour. C'est son deuxième jour de congé, je prie pour qu'il perde de vue ses objectifs, et retrouve vite un travail. Mais Papa semble satisfait et fier de la besogne réalisée. C'est vrai que ça a une autre gueule maintenant.

20 heures sonnent à l'église du village. Maman nous appelle pour manger. Autour de la table, aucune allusion à l'appartement visité aujourd'hui. Papa, lui, se réjouit du travail accompli, vante les qualités de cette famille en avalant de grandes bouchées de raviolis. On achète les moins chers, mais ils restent nos préférés. On a comparé. Maman les cuit au four en les saupoudrant de gruyère.

Ils craquent sous nos dents, avant de verser leur contenu sur nos langues affamées.

Thomas finit son plat en premier, mais je le talonne. On sauce nos assiettes avec du pain en s'assurant de ne laisser aucune trace. Elles sont si propres qu'on pourrait les ranger directement dans les armoires. Pas sûr que ça embête Maman, elle déteste faire la vaisselle.

Papa allume la télévision à la fin du repas. Sur l'écran, des gendarmes d'un autre âge chassent des extraterrestres le long des plages. Ils sont ridicules, mais nous font bien marrer.

Couché sur mon lit, quelques heures plus tard, bercé par la respiration régulière de mon frère, je peine à m'endormir. L'éclat doré des Caraïbes encombre mon esprit. Les rayons tournoient dans ma tête, m'appellent. Soudain, des voix s'élèvent du salon : Robert est de retour.

# 7

5 h 30. L'alarme de ma montre retentit tandis que percent les premières lueurs. Thomas remue à peine sur son matelas pneumatique. Une fanfare pourrait jouer à côté de lui, il ne se réveillerait pas. On a déjà testé, avec Jérôme. Un matin, il a ramené le tambour de la chorale du village. Les baguettes ont rencontré la peau de l'instrument dans un fracas épouvantable. Nos tympans résonnaient sous les secousses. Thomas a gémi, grogné, et a fini par se retourner sous sa couette, les yeux clos. Impossible de le faire émerger. Maman a développé sa propre technique pour les jours d'école. Elle le sort de son lit de force, le traîne par le col du pyjama jusqu'à la salle de bain. Arrivé au bout du couloir, mon frère ouvre les yeux. Succès assuré.

Dans la maison, le calme règne. Maman ne se lève jamais avant 7 h 30, et Papa semble suivre ce rythme depuis qu'il a quitté son travail. La nuit semble avoir effacé les dernières traces de Robert. Notre mère la joue toujours rassurante les lendemains de ses apparitions. *Papa a besoin de décompresser, il travaille dur pour nous offrir ce que nous avons.* Mais les visites de Robert laissent des marques invisibles chez chacun de nous, et ses phrases sont des pommades dérisoires.

J'enfile mes vêtements sous le demi-jour qui baigne ma chambre et pose mes orteils sur les points stratégiques de l'escalier. Un seul craquement me trahirait. Il est interdit de descendre avant les parents. Avec Thomas, on a tâté toutes les marches une à une et repéré la trajectoire pour ne pas se faire prendre. Un soir, on s'en était servi pour espionner saint Nicolas. On savait que c'était interdit, ce qui rehaussait le goût de notre expédition. Les yeux rivés dans l'entrebâillement de la porte, mon frère avait découvert notre père torse nu, ventre ballant sur son jeans délavé, un paquet-cadeau dans les mains. Triste saint Nicolas. Thomas n'avait pas eu besoin d'en voir plus, il avait compris. Tout ça, c'était une nouvelle arnaque pour garder les enfants sages. Il était remonté dans sa chambre sans un mot. Moi, mes convictions s'ébranlaient déjà avant cette découverte, mais ce spectacle avait mis fin aux espoirs que j'entretenais malgré tout. Notre père sirotait une bière en sifflotant, mangeait les carottes dédiées à l'âne du saint, et sortait les cadeaux du garage au compte-gouttes. Maman, en robe de nuit élimée, les arrangeait autour du poêle en fonte avec le soin dont elle était capable. On n'en avait plus jamais reparlé. Le lendemain, alors qu'on s'apprêtait à déballer les cadeaux, Thomas avait annoncé qu'il savait. Un copain lui avait dit. Le soulagement s'était dessiné sur le visage de mes parents. Finie la mascarade. Depuis, cette fête ressemble plus à une commande ratée qu'à autre chose. Tout ce dont on est certain, c'est de ne jamais recevoir ce qu'on a demandé.

Je sors mon vélo dans le jour naissant. Les premiers coups de pédales réveillent mes mollets endoloris, le vent m'enrobe de sa fraîcheur. Je parcours les chemins endormis et contemple la campagne qui se repose avant les attaques que les rayons du soleil ne tarderont pas à lancer. Je comprends pourquoi le monde appartient à ceux qui se lèvent tôt : ils sont seuls à le parcourir. Tout est encore possible, rien ne s'oppose à leurs mouvements.

À la carrière, il n'y a personne. Marko et ses amis ont installé un panneau en carton : *INTERDIT Propriété de Marko et fils*. Je sors un marqueur de mon sac et ajoute *de putes* à la fin de leur avertissement. Ça les fera causer au moins.

Je franchis le grillage, écarte les broussailles sur mon chemin. Les premiers rayons du soleil transpercent les eaux turquoise du lac. Sa vue ravive la blessure de sa perte. Il ne nous appartient plus.

Je plonge. L'eau froide contracte mes pores, comprime mes tympans. J'atteins la Jeep endormie, sonde la vase de mes mains, mais ne trouve rien. J'étends le cercle de mes recherches, alors que mes réserves d'oxygène s'amenuisent. Soudain, un éclat doré ténu perce la pénombre. Je tends les mains, ma paume caresse une surface lisse, mes doigts accrochent une masse froide. Je tire de toutes mes forces et laisse échapper mes dernières bouffées d'air. Le bloc cède.

Soudain, ma tête tourne, ma vue se brouille. Je n'ai plus d'oxygène. Je bats l'eau pour gagner la surface et sens mes poumons se remplir d'un air salvateur. Le soleil, lui, escalade l'horizon et inonde la terre de ses rayons ardents. Je nage jusqu'à la rive, les yeux rivés sur le ciel immaculé, étreins cette masse contre ma poitrine, et sens le froid du métal courir en moi.

À bout de forces, je m'extrais du lac et m'assieds au bord de l'eau pour examiner la masse dorée. Un lingot, j'ai dans les mains un lingot d'or. Notre collection ne vaut rien face à ce trésor. Je suis riche à milliers, peut-être millions. Je vais pouvoir rouler en Lamborghini dans les rues du village, construire la villa de mes rêves au bord de la plage, plonger dans une piscine de pièces d'or. On va enfin partir au Center Park en famille, réparer notre maison sans bouger, s'offrir des palettes de lasagnes, climatiser le salon. Tout est possible. Tout est à refaire.

Derrière les arbres, le soleil poursuit son ascension et propulse ses rayons ravageurs sans aucune pitié. Les prés rougissent, l'air étouffe tous ceux qui seraient tentés de résister. Mais ce matin, je ne sens rien. Je roule sur mon vélo, la fortune collée à mon dos.

# 8

Derrière la porte de la salle de bain, l'eau de la douche ruisselle. Maman est levée. Sur son matelas, Thomas poursuit sa nuit, la tête à la place des pieds. C'est un des dons de mon frère. Il est capable d'accomplir une rotation de 360 degrés en une seule nuit. Ce tour connaît néanmoins quelques ratés. Il arrive que son crâne rencontre le sol dans un fracas qui réveille toute la maison. La dernière fois, Maman avait été obligée d'accompagner mon frère à l'école pour justifier l'énorme hématome qui décorait sa joue droite. La maîtresse avait insisté pour passer un moment seule avec Thomas et lui avait expliqué qu'elle pouvait l'aider. Mon frère ne comprenait pas comment son institutrice aurait pu l'empêcher de tomber de son lit, mais il l'avait remerciée et dit que ça n'arrivait pas souvent. Maman fulminait. Comment osaient-ils ?

Ce matin, la giration s'est effectuée sur 180 degrés. Les cheveux de Thomas virevoltent dans la brise ardente. Sa bouche semble avoir lâché un cri maintenant éteint. J'ouvre le tiroir sous mon lit, plonge le lingot au milieu de mes chaussettes.

Dans la cuisine, Maman fume devant la fenêtre, témoin de la bataille du soleil sur l'ombre. Je me sers un bol de céréales au chocolat, elle ne bronche pas. Mieux vaut ne pas faire le premier pas. Je m'assieds à table, porte la cuillère à ma bouche quand Maman se retourne, cigarette au coin des lèvres. La fumée décrit des vagues devant ses yeux. Elle s'avance, souriante, et pose un baiser sur mon front. Je reste immobile, son odeur de cannelle m'envahit. Elle s'installe à mes côtés, me dévisage.

— Bien dormi ?

— Oui…

On dirait qu'elle est au courant de mon aventure matinale, même si c'est peu probable. Maman avale une demi-douzaine de médicaments avant de se coucher. Elle a toujours une raison pour en prendre, à n'importe quel moment de la journée. Le médecin lui a conseillé d'arrêter, mais Maman n'a pas écouté. Ces pilules la plongent dans un sommeil abyssal, de ceux qui ne reposent pas.

Mais elle préfère ça plutôt que de refaire le film de sa vie au lit, les yeux rivés au plafond.

Une fois, Papa a caché ses médicaments dans le garage pour l'aider à décrocher. On se souvient encore tous de cette journée. Maman était rentrée dans une colère noire. Ses mains avaient tremblé. La sueur ruisselait dans son dos, alors que la neige recouvrait la pelouse du jardin. Avec Thomas, on a rebaptisé ce jour d'hiver *la journée Hulk*. Parce que Maman était devenue verte, et avait menacé de tout casser si on ne lui rendait pas ses gélules immédiatement. Papa s'était résigné, mais arguait que la paix de cette famille ne devrait pas dépendre de ces boîtes hors de prix.

Accoudée à la table à manger, Maman m'observe avec son regard de mère, celui qui dit que je suis l'une des choses les plus précieuses de sa vie. Je tente de manger sans y parvenir. Elle n'a plus déjeuné avec moi depuis des années, trop occupée à brûler les cigarettes, le regard au loin.

Sans prévenir, elle se lève, me caresse le visage de sa main rugueuse, une main abîmée par les crevasses, dont elle tente d'atténuer la douleur en glissant les plaies entre ses lèvres. Elle ouvre une des armoires de la cuisine et agrippe un pot de crème solaire qu'elle vient poser devant moi, sur la table.

— N'oublie pas d'en mettre avant de sortir.

# 9

Jérôme va se moquer de moi quand j'arriverai chez lui, le visage blême, recouvert par cette foutue crème. Maman nous oblige à appliquer un indice 50+. La lotion est si épaisse que tu te transformes directement en albinos. Tu peux frotter tant que tu veux, pas de risque que ça s'imprègne. Notre mère nous assure qu'on bronze quand même, mais nous, on s'en fout de bronzer, on n'a juste pas envie de ressembler à un couple de vampires allergiques au soleil. Il y a quelques jours, elle a parlé d'un reportage dans lequel des enfants étaient obligés de porter des combinaisons de la NASA pour s'en protéger. Avec Thomas, on a eu peur que ça lui donne des idées. On aurait l'air de quoi ?

La technique de la mère de Jérôme est tout autre. Aux premiers rayons de l'année, la famille s'allonge dans le jardin, et chacun récolte un coup de soleil. Ça les vaccine pour le reste de la saison. Faut dire qu'ils ont de la chance aussi, chez Jérôme, avec leurs peaux mates d'immigrés italiens. Thomas et moi avons hérité de la carnation paternelle blafarde, et par la même occasion des milliers de taches de rousseur qui l'accompagnent. On peut s'allonger au soleil tant qu'on veut, se ramasser des rougeurs à la chaîne, on ne connaîtra jamais l'immunité vantée par la famille de Jérôme. On reste blancs toute l'année, quoi qu'on y fasse.

Sophie m'attend devant chez Jérôme, assise sur le muret en brique qui sépare leur jardin du trottoir. Elle gratte des allumettes et envoie les flammes tournoyer au-dessus de la route d'un coup d'index. Valentine, la mère de Jérôme, nous ouvre et nous apprend que son fils est dans sa chambre. Il ne veut plus en sortir et refuse de lui dire pourquoi. Je sais qu'elle va essayer de me faire parler, elle réussit toujours à m'amadouer. Mais pas aujourd'hui. On passe à côté d'elle, on monte les marches deux par deux. Pas de traces d'usure ici.

Jérôme est étendu sur son lit, tout habillé, transpirant, les rideaux clos. Il n'a plus bougé depuis hier et refuse de manger. Je m'avance vers lui. Sophie remercie Valentine, qui nous a suivis jusqu'à sa chambre bien qu'on connaisse le chemin par cœur, et referme la porte devant elle. Je me penche vers Jérôme.

— Salut.

Il cligne des yeux pour seule réponse. Sophie tente sa chance sans plus de succès.

Je me laisse tomber sur la chaise du bureau en attendant d'autres manifestations, mais Jérôme a fui loin de ce monde où l'on ne peut entreprendre la création d'un musée sans qu'on vienne nous mettre des bâtons dans les roues. Pendant ce temps, Sophie exécute un tour de la pièce, passe en revue les objets qui la composent.

Jérôme place peut-être trop d'enjeux dans ce musée. Je suis sûr qu'on peut trouver une autre occupation. C'est le problème, avec lui, il fait tout à fond, la déprime aussi. Quand son chien Patrick – nommé comme ça à cause de sa voix cassée – avait dû être euthanasié, il n'était plus sorti pendant deux semaines. Il était resté immobile sur sa chaise, digérant cette épreuve dans le silence. Ces épisodes se font rares, mais demeurent préoccupants. Papa m'a fait remarquer que ça n'annonce rien de bon s'il exprime déjà cette propension à la mélancolie à son âge. *Life's a bitch*, qu'il aime nous répéter avec un accent à couper au couteau. On peut réfléchir tant qu'on veut, se persuader qu'on deviendra un tigre, qu'on vivra sur un nuage avec tous les cons morts avant nous, au final, c'est juste des histoires qu'on se raconte, un os qu'on peut ronger en se persuadant qu'on n'additionne pas toutes ces inepties pour rien, qu'on ne travaille pas comme des esclaves pour finir simplement mangés par les vers.

La dépression, c'est un sujet qu'il connaît. L'entièreté de la famille paternelle y a goûté avec plus ou moins d'intensité. La palme revient à Tonton Manu, électricien de métier, et ses cinq tentatives de suicide. Papa dit qu'il a sûrement été engagé pour éclairer le bout du tunnel, mais Maman lui répond qu'on ne peut pas rire de tout. Tonton Manu appelle à l'aide, et notre con de père ne bouge pas d'un poil pour l'empêcher de passer de l'autre côté.

J'espère que Jérôme ne tentera pas l'aventure. Il a un musée à construire.

On patiente une heure auprès de lui, en espérant qu'il finisse par se lever. J'ai le temps d'observer tous les recoins de sa chambre, jusqu'aux posters de geishas qui sont apparus derrière la porte, juste à côté de ceux des équipes de première division.

Nous finissons par quitter la chambre et laissons Jérôme explorer les méandres de ses pensées. Alors qu'on se dirige vers la porte d'entrée, la mère de Jérôme nous invite à nous asseoir dans la cuisine. Elle pousse un plateau de cookies sur la table.

— Servez-vous.

J'avale un premier biscuit, sens son regard posé sur moi et relève les yeux.

— Dis-moi, Alex, qu'est-ce qui vous est arrivé hier ?

— Euh, rien…

— Ah bon ?

Je hoche la tête en essayant de dissimuler mon mensonge.

— Alors tu ne sais pas pourquoi Jérôme ne veut pas bouger ?

Je ne dis rien. Elle se tourne vers Sophie.

— Toi non plus ?

Sophie hausse les épaules. Le silence envahit la cuisine. Une mouche tente de sortir par la fenêtre au-dessus de l'évier. Elle bat des ailes tant qu'elle peut, comme si la vitre allait céder subitement et la relâcher dans la chaleur du matin. La mère de Jérôme soupire, contrariée.

— Vous pouvez y aller…

Elle se redresse, me tend la boîte de cookies.

— Prends-en pour ton frère.

La mère de Jérôme a pris l'habitude de nous nourrir, Thomas et moi, comme si nous ne mangions pas à notre faim. Un jour, alors qu'on était chez eux et que Thomas s'apprêtait à plonger dans leur piscine, elle avait aperçu les côtes saillantes de mon frère. Sa maigreur l'avait effrayée. On avait beau lui assurer qu'il mangeait comme un ogre, qu'il ne grossissait jamais malgré les quantités ingurgitées, Valentine n'y avait pas cru. Elle voyait en lui un enfant affamé et en souffrance. Elle connaissait les préoccupations de notre mère à la fin du mois, les calculs sans fin pour équilibrer un budget qu'elle savait serré. La mère de Jérôme comprenait, et se réjouissait de bénéficier de plus de souplesse dans la gestion familiale. Elle avait décidé de nous aider, sans en parler à notre mère. Depuis, elle nous refilait de la nourriture dès qu'elle pouvait. Impossible de repartir de chez elle les mains vides.

Je saisis deux biscuits dans la boîte métallique ronde qu'elle me tend, celle où, il y a des années, de petits gâteaux au beurre se logeaient dans du papier gaufré. Avant de partir, je lui avoue que Jérôme a perdu quelque chose qu'il aimait beaucoup, mais qu'il m'a fait jurer de ne pas en parler. Ce n'est pas tout à fait vrai, mais il vaut mieux ne pas évoquer les Caraïbes. Elle risquerait de s'énerver.

Avec Sophie, on se dirige vers l'abri de jardin de Jérôme. Quand on ouvre la porte, la cabane libère une bouffée d'air ardent. Le thermomètre doit approcher les 50 degrés là-dedans. L'été dernier, on y testait notre résistance avec Jérôme. On s'enfermait en slip dans la fournaise contenue par les planches en bois. La chaleur nous prenait à la gorge, des perles de sueur constellaient notre peau, le rouge nous montait aux joues. Il fallait tenir, ne pas se précipiter dehors, ralentir notre respiration et déguster l'air bouillant. On frôlait le quart d'heure quand on a dû mettre fin à nos expérimentations. Jérôme s'était évanoui, tombé inconscient sur la dalle en béton. Valentine était accourue, répondant à mes cris de détresse. Elle avait traîné Jérôme sur la pelouse, lui avait flanqué deux gifles avant de nous traiter de tarés. On aurait pu y rester, déshydratés comme des truites sorties de leur étang. Elle en avait connu des débiles, mais là, on détenait la plus haute marche du podium, et de loin.

Ce matin, on avait prévu de nettoyer les dernières acquisitions et on a décidé de ne pas modifier notre programme, même si c'est la première fois qu'on accomplit ce travail sans Jérôme. La frénésie qu'il déploie autour de ces objets m'inquiète parfois. Il est interdit de se débarrasser de quoi que ce soit. Ce qui ne passe pas la sélection finit dans les réserves : un sac-poubelle en plastique noir jeté dans un coin de l'abri en bois. Jérôme refuse de s'en séparer, il y stocke les collections cachées du musée et prévoit de restaurer certaines pièces. Un jour, à la télé, j'ai vu un reportage sur un vieillard qui avait construit un château avec des objets trouvés lors de ses promenades. L'homme posait fièrement devant sa construction d'où émergeaient des bras de poupées et autres bouts de plastique difformes. Je n'en ai pas parlé à Jérôme. Ça lui donnerait des idées.

Sophie extrait une bassine bleue de la cabane, y jette une poupée recouverte de boue, du liquide vaisselle et une brosse. Je déroule le tuyau d'arrosage, remplis le récipient. Une mousse épaisse en jaillit. La tête de la poupée dont il manque un œil brise les bulles. J'attrape la brosse au fond de l'eau, nettoie son visage. Les traces de boue s'effacent, découvrant une peau saumonée et des traits de maquillage.

Sophie, haletante, traîne un imposant sac en plastique sur l'herbe. Des perles de sueur dégoulinent dans son cou, poursuivent leur course sous son débardeur mauve, glissent le long de ses formes naissantes. Papa dit que les femmes, ça peut être comme une drogue. On se souvient de quand on a commencé, mais une fois que t'y as goûté, difficile d'y renoncer. Y a que les moines qui y arrivent, mais ils se consolent avec la bière, réfugiés dans leurs abbayes. Faut bien tuer le temps et occuper l'esprit.

Sophie déverse le contenu du sac devant moi, dans une avalanche d'objets délabrés. Jérôme a récemment développé une théorie sur ces objets : la théorie égyptienne. Au printemps, ses parents l'ont emmené à une exposition sur l'Égypte antique, parce que son père collectionne les statuettes de pharaons, des hommes, des vrais, capables de grandes choses. Jérôme en était revenu fasciné. Pas par ces dieux à barbichette, non. Il avait découvert, parmi les sarcophages, des objets de la vie quotidienne. Des tasses côtoyaient des assiettes et des tissus élimés. Cette visite avait gonflé sa confiance en notre collection. Si certains objets étaient jugés futiles par notre regard actuel, ils revêtiraient une valeur inestimable avec le temps. Il en était certain. Nous, on l'avait écouté développer sa théorie, la bouche ouverte, attendant la chute de la blague, mais elle n'était jamais venue. Jérôme était sérieux. J'aurais dû m'y attendre, mais il arrive toujours à me surprendre. Jérôme a des théories sur tout. La dernière en date développait la meilleure méthode pour embrasser les filles. Toujours tourner la langue dans le sens des aiguilles d'une montre, mais pas trop vite, c'est pas un mixeur non plus. Et jamais au premier baiser. Ça, c'était pour les couples confirmés. Il devait encore la tester, sa théorie, mais il avait son idée. Sa voisine, qui lui avait déclaré sa flamme, serait le cobaye idéal pour ses expérimentations.

Les mains dans l'eau, Sophie frotte les roues d'une petite voiture rouge, puis pose le véhicule sur le tas d'objets propres. Sur sa nuque, d'autres perles dégoulinent. La chaleur nous écrase. J'éponge mon front, plonge mon regard dans la mousse.

Sophie me tend le bras arraché d'une peluche rose dont le rembourrage cherche à le quitter.

— Tu crois qu'on pourrait jeter ça ?

Je lui montre des lunettes sans branches.

— Et ça ?

Elle sourit, saisit une brosse à dents dans sa bassine et la lance dans ma direction. J'esquive le projectile, éclabousse Sophie en retour. Elle pousse un cri, mélange de dégoût et de surprise. Son rire transperce l'air. Un frisson dévale ma colonne vertébrale.

Sophie ne compte pas en rester là. Elle attrape la bassine que je jette vers elle dans un geste de défense. Une vague de mousse percute son ventre, assombrit son débardeur mauve. Elle riposte et projette un flot crasseux qui s'écrase sur mon short, dévale mes jambes et inonde mes baskets dans un nouvel éclat. Mes entrailles se réveillent. Ça bouillonne dans mon abdomen. J'attrape le tuyau d'arrosage, inonde Sophie qui tente de fuir. Elle me supplie d'arrêter, s'assied sur la pelouse détrempée, les jambes en tailleur. Elle ne bougera plus. C'est terminé. Je détourne le jet, rince mon short de la marée boueuse qui y ruisselle. Essoufflée, Sophie me rejoint et s'asperge à son tour.

On reprend notre souffle, allongés dans l'herbe, haletant sous ce soleil de plomb qui nous sèche sans tarder. J'aimerais lui dire que j'apprécie le temps passé avec elle, mais je suis incapable de formuler un seul mot. Les phrases restent coincées dans ma gorge.

Onze heures sonnent à la cloche de l'église. Sophie se lève d'un bond. Elle doit y aller, elle a promis à son père de l'aider à préparer le déménagement. Elle pose un bref baiser sur ma joue. Son débardeur lui colle à la peau. Je la regarde disparaître derrière la maison avant de me recoucher dans l'herbe. Son rire résonne en moi.

# 10

Personne dans ma chambre. Les feuilles du chêne de la cour impriment leur ombre sur les rideaux fatigués. La maison est silencieuse. Je dépose les biscuits sur l'oreiller de Thomas avant d'extraire le lingot de sa cachette. Il ne peut pas rester là, Maman finirait par le trouver. Elle trouve toujours tout, quoi qu'on fasse. On ne peut rien lui cacher. Elle dit qu'elle a des yeux dans le dos. Avec Thomas, on sait que c'est faux. Seule l'acné parsème la peau entre ses omoplates. Le problème de ce super-pouvoir, c'est qu'il ne fonctionne que chez nous. On en avait eu la preuve après le décès de notre grand-mère. Maman n'avait pas remarqué que sa sœur était en train de la déshériter. Une chaise en osier et un vase, c'était tout ce à quoi elle avait eu droit, soi-disant que c'étaient ses préférés. Papa avait gueulé. C'était un don de merde si on pouvait rien lui cacher sauf quand il y avait de l'argent en jeu. À quoi ça servait ? Maman, elle, écrasait des larmes sur le cuir de notre divan. On ne choisissait pas sa famille, qu'elle disait entre deux sanglots, mais la sienne pouvait brûler en enfer qu'elle ne bougerait pas.

Je sors de ma chambre, me glisse jusqu'au garage. À l'intérieur, la pénombre règne. Seuls quelques rayons de soleil traversent la lucarne. Des vapeurs d'huile et de gasoil virevoltent dans une chaleur moite.

Je m'avance vers l'ancien bureau en bois installé contre le mur du fond entre deux armoires métalliques rouillées où Papa entasse ses outils. Il fait « des affaires » aux brocantes de la région. Peu importe que ses achats triplent notre stock, il s'agit de saisir les opportunités lorsqu'elles se présentent. Nous, on trouve que posséder quatre sécateurs et deux tondeuses n'est pas nécessaire, mais Papa sait dégainer son imparable argument « au cas où » pour couper court à toute contestation.

Notre père n'éprouve pas seulement un amour profond pour les brocantes. Il déteste acheter du neuf. Il ramasse tout ce qu'il trouve au bord de la route et parcourt le village la veille du ramassage des encombrants, comme s'il s'agissait d'un pèlerinage. La moitié de nos meubles proviennent des trottoirs des alentours. Selon lui, les gens ne connaissent pas la valeur réelle des choses. Papa a toujours une bonne raison pour remplir notre voiture des biens abandonnés par nos voisins. Le problème, c'est que le pratique l'emporte sur l'esthétique. Le beau, c'est une question de riches. Ce qu'il nous faut, ce sont des meubles solides qui résisteront à l'épreuve du temps, pas des objets créés par des illuminés, qui nécessitent un mode d'emploi pour savoir dans quel sens les poser.

Je pousse les outils sur le bureau défraîchi, soulève des bouts de tissus souillés à la recherche de ce qui m'aidera à réduire la taille de mon trésor. Impossible de trouver quoi que ce soit ici, même si Papa prétend que chaque chose est à sa place. En vérité, il refuse la dictature de l'ordre et lance des diatribes rageuses contre ces bonnes femmes qui vendent des livres pour vous aider à organiser vos tiroirs, comme si le rangement c'était la vie. Lui, il a autre chose à foutre que de plier ses chaussettes en quatre pour gagner deux centimètres carrés.

Absorbé par mes recherches, je n'entends pas les pas de ma mère se rapprocher. Elle pénètre dans la pièce comme une tempête.

— Qu'est-ce que tu fais là ?

Je me tais, et ce silence souligne l'incongruité de ma présence dans ce garage. Thomas et moi ne sommes pas autorisés à accéder à cette pièce sans accord parental. On y risquerait nos vies, va savoir pourquoi. Et puis, le garage, c'est le royaume paternel, son sanctuaire, son refuge. Notre père a besoin d'un endroit où décompresser, faire le vide après des journées éreintantes. Nous, on trouve ça débile, on ne comprend pas ce que Papa peut y faire chaque jour, alors qu'aucun des chantiers entrepris n'avance comme il devrait. Ce qu'il se passe derrière cette porte est un mystère que nos brèves incursions peinent à percer. Quoi qu'il en soit, interdit d'y entrer. C'est comme ça et puis c'est tout. Pas de discussion.

Maman s'approche de moi et pointe du doigt le sac de toile beige enroulé autour de mon épaule. On y perçoit sans peine la forme du lingot.

— Qu'est-ce que tu transportes ?

Ma bouche s'assèche. Maman se penche, tend le bras pour attraper mon sac. J'esquisse un pas de côté. Sa main se balance dans le vide. Nos regards se croisent. Elle a perçu la terreur dans mes yeux à l'idée qu'elle découvre le contenu. Pas la peine de lui raconter des conneries. Elle n'est pas notre mère pour rien.

La dernière fois que Thomas a essayé de tromper son regard averti, c'était le jour où Maman avait caché deux bouteilles de Coca dans la buanderie. Mon frère avait entamé une des bouteilles en secret, avec cette joie de l'interdit. Et pour que ça ne se remarque pas, il avait ouvert la seconde, et avait bu juste de quoi équilibrer les niveaux. L'après-midi s'était déroulé pour lui dans un climat de tension manifeste, jusqu'à ce qu'un rire sonore émane de la buanderie. Notre mère était sortie de la pièce, les bouteilles en mains, les larmes aux yeux. Thomas se tenait au milieu du salon, le teint livide. Maman avait loué l'ingéniosité de mon frère, vraiment, c'était un malin, mais il ne devait pas oublier qu'elle voyait tout. Elle s'était approchée de lui, avait posé un baiser sur son front et pincé sa joue d'un air complice avant de retourner dans la cuisine.

Mais aujourd'hui, face à moi, Maman ne rit pas.

— Donne-moi ça.

— Non.

— Maintenant.

Je secoue la tête tant que je peux, agrippe mes mains autour du sac. Je voudrais m'échapper, mais toutes les issues sont bloquées.

— Alex, tu me donnes ça tout de suite !

Je refuse une nouvelle fois, avant de voir les cinq doigts maternels s'abattre sur ma joue. Un claquement, une brûlure immédiate. Je porte une main à mon visage, oublie le contenu de mon sac. Maman profite de mon étourdissement passager et tire d'un coup sec sur la lanière. Le lingot s'en échappe sous son regard stupéfait. Ça va encore gueuler.

# 11

Une heure que je suis assis dans la cuisine. Maman a explosé de colère dans le garage, m'inondant de questions auxquelles j'ai refusé de répondre. Elle m'a tiré par le bras jusqu'à la table, a posé le lingot au centre de la nappe rouge. Puis elle a glissé une cigarette entre ses lèvres et l'a fumée en me regardant sans un mot.

Elle a ensuite repris son enquête. Et elle sait s'y prendre. Maman ingurgite les épisodes des séries policières à la chaîne. Impossible de la piéger. Elle connaît le coupable au bout de vingt minutes. Un regard dans sa direction suffit à vous gâcher le suspense. Les interrogatoires, du coup, elle connaît.

Assis, le regard rivé sur la table de la cuisine, j'ai tenté d'y répondre aussi précisément que possible, refoulant des sanglots réguliers. Maman ne veut pas d'un voleur à la maison. Je dois remettre cette chose où je l'ai trouvée. Elle ne m'a pas éduqué comme ça.

Moi, je me répète que ça ne peut pas s'arrêter là. Ce n'est pas possible, ce n'est pas ce qui était prévu. Mais la voix de mon père résonne en moi et me rappelle que rien, non vraiment rien ne se passe jamais comme on le souhaite. On peut faire des plans tant qu'on veut, la vie viendra toujours vous emmerder. Alors autant accueillir les choses comme elles viennent. On n'est pas déçu quand on n'anticipe rien. C'est mathématique.

Maman écrase sa cigarette sur le lingot et gagne l'évier de la cuisine. Elle scrute le vide, ça doit la rassurer. Elle connaît cette sensation. C'est comme si l'esprit de notre mère la quittait parfois. Papa dit qu'elle va sur Mars. Elle est astronaute mentale. Elle se plonge dans sa vie d'avant, sa vie rêvée. Ma mère a toujours voulu être actrice. Mais là aussi, l'univers en a décidé autrement. Elle a rencontré mon père alors qu'elle avait vingt ans à peine, et puis il y a eu un petit accident. Cet accident, c'était moi. Mes parents se sont mariés sous la pression familiale. On n'élevait pas un enfant dans le péché. Ma mère avait mis ses aspirations de côté pour élever sa famille. Thomas était arrivé quelques années plus tard, enterrant pour de bon tout espoir de carrière. Ils s'étaient toujours aimés, qu'ils disaient, et nous étions le couronnement de cet amour. Face à sa fenêtre, à enchaîner les cigarettes, pas sûr que ce soit à l'amour débordant pour sa progéniture auquel notre mère pense. Je l'entends fredonner parfois, reprenant les tubes des comédies musicales qui passent à la télé. Impossible de les rater, et on a intérêt à la fermer. Elle avale chaque parole, chante en tapant ses mains en rythme sur ses cuisses.

Je profite du moment d'absence de ma mère pour tenter de battre en retraite.

— Tu restes là, toi !

La porte d'entrée gémit et se referme dans un claquement retentissant. Papa est de retour. Il réveille tout le quartier à chaque fois. On l'entend à cent mètres à la ronde.

Il entre dans la cuisine vêtu d'un short vert pomme gagné à la tombola organisée par la province, celle où on pouvait aussi remporter une voiture neuve. Dans sa main droite pendent de longs tuyaux gris souples. Il a de nouvelles idées pour occuper nos vacances. On ne va pas y échapper.

Papa scanne la pièce pour comprendre ce qu'il se passe et pose les yeux sur le rectangle doré installé devant moi.

— C'est quoi ça ?

— Il aurait trouvé ça aux Caraïbes… répond ma mère.

Mon père se retourne vers elle, se gratte le front, soulève sa casquette jaune ramassée lors du passage du

Tour de France dans la région et me jette un regard impressionné. Il ne semble pas aussi contrarié qu'elle.

Papa a toujours aimé les bandits, les pirates, les hors-la-loi, ceux qui font ce qu'ils veulent, n'obéissent à rien. Ils ont tout compris, eux. Ils vivent la belle vie sur le dos des autres au lieu de se crever huit heures par jour dans un bureau miteux. C'est eux qui ont raison, il en est sûr.

Une courte hésitation et Papa s'assied face à moi, ses tuyaux flexibles toujours en main. Il soupire.

— Ça vaut combien un truc comme ça ?

# 12

Les rayons du soleil broient mes épaules, la sueur dévale mon dos en larges ruisseaux. J'avale le bitume pour m'éloigner de cette maison, malgré mes mollets qui hurlent à chaque foulée. Maman n'a pas apprécié les questions de mon père, elle a haussé le ton. Papa ne s'est pas laissé faire. Les insultes ont volé de part et d'autre de la cuisine comme des flèches. Les tuyaux ont traversé la pièce. Et tout est parti en vrille.

Maman m'a dit un jour que c'est parce qu'ils s'aiment trop fort qu'ils se disputent. Leur amour déborde parfois, dans une énergie qu'ils peinent à contenir. Vu la visite de l'autre jour, j'ai du mal à y croire. C'est pas de l'amour qui déborde. Sophie, elle, dit que l'amour ne dure pas pour toujours. C'est terminé le temps où on était mariés jusqu'à ce que la mort nous sépare. Elle ne sait même pas si ça a jamais existé, l'amour éternel. Les gens redoutaient les représailles de leur famille s'ils osaient rompre leurs noces, c'est tout. Aujourd'hui, on finit tous par se détester au bout de dix ans, et encore. Si nos parents restent ensemble, c'est parce que c'est pratique, pas parce qu'ils sont la nouvelle version de Roméo et Juliette, faut pas se leurrer. Ceux qui divorcent sont les plus courageux. Une fois qu'on a accepté cette réalité, tout s'éclaire.

Quand j'ai compris où la discussion de mes parents aboutirait, je n'ai pas hésité. J'ai ramassé mon trésor et suis parti sans demander mon reste. Maman a crié en me voyant m'enfuir, mais il se peut que ce hurlement corresponde à l'impact des flexibles sur son visage.

Un prospectus était apparu un jour dans notre boîte aux lettres, sans qu'on sache s'il avait été distribué à l'ensemble du village ou si notre famille en était l'unique destinataire. On y voyait une femme au teint blafard, la trentaine, les cheveux gras, un œil au beurre noir. Un numéro apparaissait au bas de la page. Maman l'avait lu avec attention et l'avait déposé sur la table de la cuisine, bien en vue, pour que Papa ne puisse pas le manquer. Avec Thomas, on avait renommé cette femme Amélie. Elle était restée là un mois entier, comme un avertissement silencieux, à nous regarder manger nos céréales, puis elle nous avait quittés sans crier gare. On n'a jamais su ce qu'il en était advenu, si nos parents avaient même évoqué entre eux sa présence. Aucun mot n'a été prononcé à son sujet devant nous. Et je repense souvent à Amélie.

À bout de souffle, je ronge l'asphalte et serre le métal contre mon torse.

Je m'assieds à l'arrêt de bus près du gymnase et range le lingot dans mon sac en toile. Perchées sur leur fil électrique, deux hirondelles m'observent. J'essuie mon visage trempé par l'effort d'un revers de manche. Une vieille dame, coincée dans un débardeur à l'effigie de Marilyn Monroe, s'assied à mes côtés. Elle dégage une odeur de renfermé, un mélange de poussière, de transpiration et de parfum bon marché. Une odeur rassurante, celle de Nany, ma grand-mère paternelle. On l'appelait la cascadeuse. Tout ça parce qu'il y a des années, alors qu'on n'était même pas encore nés, elle avait dévalé la route en bas de chez elle au volant de sa voiture, emportée par la pente verglacée. Sa course s'était terminée après trois tonneaux dans la prairie en contrebas. On avait retrouvé le véhicule sur le toit, et ma grand-mère, toujours attachée à son siège, secouée, mais indemne. Tout le monde y était allé de son conseil afin d'adopter une conduite défensive qui lui éviterait ce genre d'imprévu dans le futur. Nany avait écouté sans sourciller et appliqué des mesures simples dont l'efficacité était contestée. Elle avait accolé des icônes de la Vierge sur l'ensemble du tableau de bord de sa nouvelle voiture, créant une sorte de chapelle sur roue qu'on avait appelée NanyMobile. Notre grand-mère en riait, mais ne manquait pas de se signer à chaque église rencontrée durant ses trajets. Mieux valait avoir les saints de son côté.

La vieille dame à l'arrêt de bus fouille les poches de sa veste en lin beige, me tend un mouchoir en papier. Je m'éponge. Les fibres s'imprègnent de ma transpiration.

— Tu ne devrais pas courir par ce temps.

Elle plonge une main dans son sac en similicuir rose, en sort une bouteille d'eau.

— Tiens. Tu peux la garder.

J'avale cette eau encore fraîche, qui délivre mes muscles de leur effort. Je remercie la dame et profite de sa présence rassurante à mes côtés. Tout d'un coup, je réalise à quel point Nany me manque. Le soutien inconditionnel qu'elle manifestait devant les turbulences qu'on rencontrait à la maison, ses chiques au café, ses jurons à chaque contrariété, qui détonnaient avec son allure fluette. Papa disait qu'elle ne sortait jamais les jours de tempête. On l'aurait retrouvée à l'autre bout du village, accrochée à un arbre, insultant chaque passant pour qu'il la sorte de là au plus vite. Elle avait le caractère de la campagne, qu'elle disait. Les idées arrêtées sur tout, même les sujets dont elle ne connaissait rien. Experte par défaut, voilà ce qu'elle était. Le moins que l'on puisse dire, c'est qu'elle ne laissait personne indifférent, mais elle nous aimait, Thomas et moi, plus que tout au monde. Elle nous disait qu'elle donnerait ses reins pour nous, ce qui, face à sa hantise des hôpitaux, révélait l'amour dont elle était capable.

Assis dans cet abri en verre, je me dis que le lingot n'est peut-être pas la solution, après tout. Ma mère ne veut pas admettre les possibilités dont il regorge. Pas question de s'approprier ce qui ne nous appartient pas. C'est une question de principe. Je pourrais le donner à notre père, tel quel, pour le soulager du poids qu'il porte sur ses épaules. Pas sûr que ça arrangerait quoi que ce soit, qu'il l'investisse avec raison. Il a parfois de *grandes idées*. Elles ne sont grandes que pour lui. La dernière fois, il a investi la moitié de ses pauvres économies dans un extracteur de jus à haut rendement. L'équivalent de son salaire y est passé. L'appareil était tellement brillant qu'on pouvait y observer nos visages déformés en réflexion. Papa l'a installé fièrement sur le plan de travail de la cuisine, mimant des roulements de tambour en le sortant de sa boîte en carton. Il nous a servi du jus à tous les repas, nous forçant à avaler chaque goutte de ses expérimentations. Les jus, c'était la santé, les vitamines, l'avenir en somme. Ça a duré dix jours. Les jus ont ensuite laissé place à la grenadine premier prix. Y avait pas autant de vitamines, mais ça coûtait nettement moins cher. La machine, elle, trône toujours à côté de l'évier. Maman s'en sert maintenant pour faire sécher ses chiffons. Question investissement, on a vu mieux. Alors pour le lingot, je ne sais plus. Impossible de réfléchir sous cette chaleur.

Je monte dans le bus et m'arrête au centre commercial, le long de la nationale, à quelques pas des appartements en crépis. J'ai suivi la vieille dame sans savoir pourquoi et déambule maintenant dans cet espace ouvert, cerné d'enseignes criardes. Dans le parking, des mères fatiguées déplacent des caddies saturés et peinent à remplir le coffre de leur voiture en contrôlant l'enfant impatient, assis dans le chariot métallique. Elles ont cédé à la caisse, ont acheté l'œuf en chocolat tant convoité par le môme, pour qu'il se taise, cesse d'attirer les regards désapprobateurs et qu'arrive enfin la paix dans cette file interminable. Mais l'enfant ne s'est pas arrêté, il n'arrêtera pas tant qu'il ne tiendra pas l'œuf dans le creux de ses mains. Elles poseront le bambin sur son siège, lui coinceront le chocolat entre les lèvres et s'installeront au volant, lessivées. Elles se diront plus jamais. Elles se sont fait avoir comme des connes.

Quelques mètres plus loin, un lion orange, installé devant la banque dont il est le logo, me lance un clin d'œil. J'hésite, avant d'y rentrer sur un coup de tête.

À l'intérieur, tout est peint de la même couleur, on dirait un fast-food où les employés porteraient des costumes-cravate. Une dame à la chevelure épaisse me demande, assise derrière son bureau, si elle peut m'aider. Je l'observe un instant sans répondre. De sa main droite, elle roule chacune des perles de son collier entre son pouce et son index. Elle répète la question avec ce ton doux comme le sucre, celui que les adultes destinent aux enfants, qui les poussent à ralentir leur débit et à exagérer leur articulation, comme si on était des extraterrestres, que notre petit cerveau nécessitait un langage adapté. Ces adultes, Sophie ne les supporte pas et ne manque jamais l'occasion de le leur faire remarquer. La dernière fois, c'était à la vendeuse de la boulangerie qu'elle avait exposé son point de vue. Sophie était venue chercher les croissants du dimanche, comme chaque semaine. La vendeuse s'était agenouillée face à elle pour prendre sa commande. Sophie avait reculé d'un pas. Elle voulait qu'on s'adresse à elle comme à une adulte. La vendeuse s'était redressée, vexée, et avait jeté les croissants dans le sac en papier sans un mot. C'en était fini des bouts d'éclair distribués en catimini avec un clin d'œil. Mais Sophie s'en foutait.

J'avance vers la dame de la banque, pose mon sac sur son bureau et dévoile un bout du lingot.

— J'aimerais l'échanger contre des billets.

La dame s'immobilise, ses yeux s'écarquillent, ses paupières clignent plus que nécessaire. Elle laisse échapper un souffle confus et relève la tête.

— Tu veux bien me suivre ?

Elle me conduit dans un bureau où des parois boisées se mélangent aux couleurs de la banque et me demande ce que je souhaite boire. De l'eau, j'ai besoin d'eau. Tout mon corps le réclame.

— Je reviens dans une minute, dit-elle avant de s'enfoncer dans un couloir molletonné.

Je me pose dans un fauteuil, le genre dont Papa rêve pour ses voyages transatlantiques. On pourrait y rester des heures. Un dimanche, il nous avait tous emmenés dans le magasin de fournitures de bureau qui venait d'ouvrir le long de la nationale. Il était entré en vainqueur dans le showroom, avait posé ses fesses sur chacune des chaises, imitant les bruits des avions, sous le regard embarrassé des vendeurs. Il fallait se mettre en situation, il était important de retrouver l'essence du besoin, afin de pouvoir garantir la sécurité de tous les passagers. Ça avait duré une heure. Avec Thomas, on n'en pouvait plus, on implorait notre mère de partir pour ne pas assister à ce spectacle désolant, mais elle était restée ferme. C'était important pour notre père. Au dixième essai, Papa avait trouvé le modèle parfait, avant de retourner l'étiquette flottant sous l'assise. Un raclement de gorge, suivi d'un bafouillement et d'un *merci beaucoup, au revoir* nous avait accompagnés vers la sortie. Dans la voiture, Papa bouillonnait. C'étaient des voleurs. Il pouvait s'acheter une Cadillac pour ce prix. Hors de question de leur donner un seul euro de sa poche. Ça avait clôturé l'aventure. On n'en avait plus jamais reparlé.

Des voix me parviennent, lointaines, étouffées. Je passe la tête en dehors de la pièce. Un homme chauve au crâne luisant accompagne désormais la dame de l'accueil. Tous deux parlent d'un air grave. J'ai à peine le temps de me rasseoir dans le fauteuil qu'il entre déjà dans le bureau. Il prend soin de fermer la porte derrière lui, me tend une main moite que je serre après hésitation, peu habitué à ce genre de politesse. Il s'installe, dépose des mots précautionneux sur la table qui nous sépare.

— Tu me montres ce que tu as apporté ?

J'avance le sac et découvre le lingot. L'homme se racle la gorge, glisse la main sur mon trésor. Son regard a changé.

— Où l'as-tu trouvé ?

— Dans l'eau.

— Où ça ?

— Pas loin de chez moi.

Il se nettoie à nouveau la gorge. Il faudrait qu'il tousse. Avec Maman, pas question de se trimballer autour d'elle un chat coincé là-dedans. Si on n'obéit pas dans la minute, elle se met à taper dans notre dos jusqu'à ce que toutes ces *mauvaises choses* sortent. Thomas appelle ça la méthode tam-tam. Face à moi, le monsieur n'a pas l'air de vouloir s'exécuter, et son regard ne quitte pas le contenu de mon sac.

— Je vais devoir te prendre ça.

— Non…

— Tu sais, garçon, c'est un objet d'une grande valeur.

— Bah oui. Je veux l'échanger.

— Ce n'est pas possible. Cet objet doit avoir un propriétaire. Nous avons l'obligation de le rechercher. C'est pourquoi nous devons le confisquer.

— Je l'ai trouvé. Il est à moi.

— C'est plus compliqué que ça.

— Pourquoi ?

L'homme se lève lentement.

— Tu permets ? Je reviens dans une minute.

Il referme la porte derrière lui, me laisse seul dans son bureau. Qu'est-ce qu'ils ont tous à « revenir dans une minute » ? Ce n'est pas compliqué pourtant. Je tourne deux fois sur moi-même dans le siège nuage avant de comprendre qu'il faut que je parte, ils ne vont pas m'aider. Je tente d'ouvrir la porte. Impossible. J'actionne à nouveau la poignée, la secoue de toutes mes forces. Rien n'y fait. Elle est verrouillée. Après tout, c'est leur métier aux banquiers d'enfermer l'argent des autres. Jérôme, lui, dit que y a pas pires radins. Et il sait de quoi il parle. Son parrain travaille dans une banque et oublie son anniversaire à chaque fois. Pire, il débarque deux mois plus tard avec deux places de cinéma et un ébouriffage de cheveux en guise de consolation.

Je ramasse le lingot sur le bureau, le plonge dans mon sac. Derrière la vitre teintée, trois ombres s'affairent. Un souffle effleure mon visage. Je me retourne vers la fenêtre du bureau et actionne la poignée au moment où le trio entre dans la pièce. Déjà des cris résonnent. Je les ignore, saute vers l'extérieur et traverse le parking du centre commercial en courant. Les banquiers m'implorent de revenir, clament qu'ils vont m'aider, mais je fonce sans me retourner sous le soleil brûlant.

Mon estomac secoue mes entrailles. Il est 17 heures, et je n'ai rien avalé de la journée. Je fouille mon short. Trois centimes. C'est tout ce qu'il y a au fond de ma poche. Je parcours les allées de l'hypermarché du coin, ramasse deux barres de chocolat aux noisettes et reprends mon souffle au rayon technologie, assis dans un divan trois places en toile grise. Autour de moi, deux murs de téléviseurs diffusent un dessin animé. Une cinquantaine d'images simultanées transmettent les aventures d'un lion misérable tentant de se sauver d'une horde de gnous. Pas de chance pour lui, son ami le trahit. En même temps, ça se voyait que l'autre à la cicatrice était un pauvre type. Mais le premier était trop bon, et roi avec ça. Une vague de tristesse m'envahit. J'ai beau l'avoir regardée des dizaines de fois, affalé dans le fauteuil de notre salon, cette scène me fait pleurer à tous les coups. Je repense au lion de la banque et me dis que celui-ci a bien failli refermer ses crocs sur ma gueule. C'était idiot de ma part. Faut pas attendre des banquiers qu'ils ne cherchent pas à s'approprier un bloc d'or.

Papa m'a toujours dit de me méfier de deux choses dans la vie : les banquiers et les témoins de Jéhovah. Les premiers vous piquent votre argent pour financer les guerres à travers le monde, en se présentant comme le futur. Les seconds vous volent votre temps, le dimanche, alors que vous aviez projeté de ne rien foutre dans votre transat, et vous embrouillent jusqu'à ce que vous en oubliiez votre propre nom. Un jour, mon père avait entrepris de leur parler, il les avait invités à boire un verre d'eau dans notre salon, parce qu'il régnait une chaleur à faire tomber les mouches. Il désirait découvrir ce qu'il y avait au fond de ces personnes à petites mallettes noires. Il avait écouté en silence, sans s'énerver, ce qui, quand on évoquait Dieu, relevait d'un exploit pour mon père. Après deux heures, il les avait remerciés chaleureusement et leur avait souhaité une bonne journée avant de refermer la porte d'entrée. Il s'était ensuite avancé dans le salon, avait clamé haut et fort qu'ils étaient tarés. On ne pouvait plus rien en tirer. Lobotomisés jusqu'à la moelle. Il s'en doutait, mais là, on en avait la confirmation.

Face aux écrans, j'avale les deux barres chocolatées, me lèche les doigts un à un pour n'en laisser aucune trace. L'employée de la banque et ses amis me semblent déjà un lointain souvenir. Je ris en pensant au bordel laissé derrière moi. Je les imagine, tournant en rond dans leur fast-food à billets, pleurant devant cette fortune manquée.

Dans les allées du rayon numérique, une mère, accompagnée de son fils de quatre ans, me jette des regards désapprobateurs. Je lui souris de toutes mes dents. Le chocolat ruisselle sur mes incisives, mais je m'en fous. Si seulement elle savait. Je ris à gorge déployée, entouré d'images de la savane. L'aventure, la fortune, c'est ça la vie.

# 13

Je n'ai jamais vu autant de voitures de police devant chez nous. Deux fourgons sont garés sur le trottoir. Inutile de m'approcher des représentants de la loi. Ils me pointeraient avec leur taser, comme le dernier des voyous. J'imagine mon corps convulsant sous les décharges électriques, les cris de ma mère ricochant sur les murs. Pas envie de tenter l'expérience.

Quelqu'un m'a reconnu à la banque, c'est certain. Il a accompli son devoir, a dénoncé un délinquant potentiel, s'est dit qu'il était encore temps pour ce garçon d'être remis dans le droit chemin. Il est jeune, il est possible de faire de lui un citoyen rangé, qui ne pose pas trop de questions, construit son habitation quatre façades et trouve un travail stable comme tout le monde.

Des voisins sont sortis de leur maison, intrigués par l'activité inhabituelle. Eux aussi ont droit à quelques péripéties dans leur vie morne, sauvés de la télévision quelques instants, arrachés aux mains d'un présentateur désuet vérifiant que Monsieur connaît les goûts et aspirations de Madame afin de tenter de gagner un voyage aux Seychelles. Ils avaient répété, s'étaient entraînés, mais quelques points leur avaient échappé. Ils se retrouvent avec une encyclopédie, un dictionnaire et un bon d'achat pour des électroménagers. Ça va gueuler une fois rentrés.

Je reste à l'écart, me cache derrière une haie. Il faudrait que j'accède au garage. J'ai besoin d'outils pour transformer mon lingot, le rendre plus discret et lui donner une vie nouvelle. Mes parents entrent dans mon champ de vision, entourés de cinq policiers. Ils échangent à mi-voix, jettent un regard aux voisins. Dans le village, il ne faut pas longtemps pour que la rumeur démarre, que Jeannine aille sonner chez Murielle pour parler du gars d'à côté : *Il paraît qu'il a quitté Bernadette, mais Éric a insinué qu'il aurait peut-être un cancer. Les Feux de l'amour* ne font pas mieux. Tout devient événement, sujet à des discussions interminables qui interrompent, pour un temps seulement, la monotonie du quotidien.

Avec Jérôme, on avait voulu savoir à quelle vitesse se propageaient les rumeurs. En quatrième primaire, on avait raconté à l'école que Stéphanie, la fille de la coiffeuse, montrait ses seins à qui le voulait derrière l'église. Deux jours plus tard, tout le village en parlait.

L'histoire avait pris une ampleur qui nous avait rapidement dépassés. Stéphanie avait beau clamer que c'était faux, rien n'y faisait. Elle n'osait plus sortir de chez elle. La rumeur avait animé le village durant deux semaines, avant de s'éteindre lentement. Personne ne pouvait corroborer les faits. Stéphanie était blanchie de tous soupçons. N'empêche, on n'avait pas prévu que les choses aillent si loin. On avait décidé de ne plus jamais recommencer, mais ça avait prouvé, une fois de plus, la soif d'aventure qui nous animait tous.

Sur le trottoir, les policiers saluent mes parents. L'un d'eux soulève son képi avant de rejoindre le fourgon. Les véhiculent démarrent dans le ronronnement des moteurs, laissent mes parents seuls entourés d'un épais silence. La voisine d'en face esquisse un nouveau geste qui échoue, sans réponse, sur la route qui les sépare. J'observe mes parents s'éloigner, abattus, et me rappelle la fois où Papa nous avait réunis dans le salon. Ça nous changeait de nous voir tous ensemble, hors des repas. Denis, le voisin d'en face, venait d'être placé en institution pour jeunes délinquants. Une prison pour ados, en somme. Nos parents savaient qu'on l'aimait bien, qu'il nous faisait rire avec ses conneries. Il avait toujours une histoire à raconter. Y avait des flingues, de l'aventure. Ça nous changeait des B.D. qu'on trouvait à la bibliothèque. Nos parents étaient formels : ça, c'était une vie gâchée. On pouvait mieux faire à quinze ans. Il fallait qu'on se souvienne de Denis. Ça s'annonçait mal pour lui. On ne le reverrait pas de sitôt. Du haut de mes dix ans, je n'avais pas compris ce qu'ils me voulaient. Oui, c'était triste pour Denis, mais je ne voyais pas le rapport. Thomas, lui, ne cessait d'enfoncer son index au fond de sa narine droite en rigolant. Pas sûr qu'il ait saisi l'importance du discours non plus.

Caché derrière cette haie, je me sens comme le nouveau Denis que mes parents redoutaient tant.

# 14

Le claquement de la porte d'entrée me parvient avant d'atteindre l'allée. On peut deviner l'humeur de notre père suivant son intensité, et celui-ci n'annonce rien de bon. Je me faufile en silence jusqu'au parterre de lavandes pour y saisir la clé de l'accès latéral du garage. Dans le village, tout le monde cache un trousseau de secours sous un pot de fleurs ou un paillasson. Papa a longtemps résisté contre cette pratique, prétextant que c'était crétin. Les cambrioleurs n'étaient pas tous des demeurés, ils fouillaient ces endroits avant de fracasser nos portes. Il a dû se résoudre à cette coutume sous la pression maternelle. Maman était partie faire des courses et avait égaré ses clés en chemin. Elle avait passé la journée chez la voisine à attendre que Papa rentre du travail. Elle aimait bien Martine, qu'elle disait. C'est pas ça, elle avait été bien gentille en l'acceptant chez elle comme une pauvre malheureuse. Mais elle avait aussi dit *plus jamais*, et on avait caché la clé sous les lavandes.

Je plonge la main dans les plantes. Leur parfum envahit mes narines alors que mes doigts cherchent le contact avec le métal. Je saisis le trousseau et me dirige avec précaution vers le côté de la maison. Aucun signe de mouvements. J'introduis la clé un cran après l'autre, perçois le cliquetis dans le mécanisme puis enfonce la poignée.

Mes yeux s'habituent doucement aux ténèbres qui règnent dans le garage. Je fouille l'établi, déplace sans bruit l'énorme tas de métal où dorment les outils. Un marteau, un burin, une lime. Je remplis mon sac en toile de ce qui peut m'être utile.

De l'autre côté de la porte, des voix s'élèvent et se rapprochent. Je me jette sous l'établi, me blottis sous les couvertures poussiéreuses et espère que la pénombre se chargera du reste. Le poids des pas résonne sur le carrelage. Papa pénètre dans la pièce, emportant une bouffée d'air chaud dans son sillage. Derrière lui, Maman hausse le ton, mais il n'écoute pas et lui demande de *la fermer une bonne fois pour toutes, merci.*

Un claquement de porte clôt la dispute. Papa emplit ses poumons de l'air vicié du garage. Au-dessus de ma tête, il déplace des outils, ouvre un tiroir. Mon cœur bat à tout rompre. Je retiens mon souffle, prie pour qu'il ne se baisse pas, même si Dieu n'a jamais été l'ami de cette famille. Le catéchisme, c'était pour faire plaisir à Nany, c'est tout. Papa avait été clair, le jour où Thomas avait révélé connaître le secret de Saint-Nicolas. Il avait dit « Dieu, c'est pareil ». C'était un vieux barbu pour les grands. Un mec qui vous demandait d'être gentils tout le temps pour que vous ayez le droit de vivre à ses côtés après la mort. Pas bête, le type. Il vous faisait des cadeaux une fois les pieds dans la tombe. Y a pas pire radin, qu'il disait. Jamais il ne fallait faire des choses pour Dieu, c'était le prétexte à tout. Les gens lisaient le même texte et n'y comprenaient rien, et dans différentes versions en plus.

Sur l'établi, les bruits s'estompent. Papa s'immobilise. Au milieu du silence, un cliquetis métallique, une inspiration profonde suivie d'une longue expiration. Pas besoin de plus pour comprendre ce qu'il se passe. Il vient d'allumer une cigarette. Il a pourtant arrêté il y a plus d'un an. Tout à coup, cette notion d'arrêt devient toute relative. Depuis combien de temps s'enferme-t-il dans cette pièce pour fumer ?

Un étrange mélange de dégoût et de déception emplit ma bouche, en pensant au printemps passé, quand ma mère avait parié avec mon père. Des affiches antitabac étaient apparues dans le village. Elle avait décidé d'arrêter et souhaitait que Papa la soutienne dans son effort. Il avait d'abord refusé. C'était son seul plaisir dans la vie, qu'il disait, omettant de mentionner son grand rouge primé. Elle a insisté jusqu'à ce que mon père cède. Du jour au lendemain, les cendriers avaient disparu. Maman avait tenu trois mois. Les paquets de cigarettes étaient ensuite réapparus progressivement sur la table de la cuisine. Papa, lui, se vantait de ne jamais avoir recommencé. On avait loué sa force de caractère, sa détermination. Il était la preuve qu'il était possible de se sevrer. On s'intéressait à son parcours, à ses difficultés, on lui demandait conseil. Mon père en tirait une certaine fierté et jouait son rôle de fumeur repenti à la perfection.

L'odeur du tabac remplit la pièce. Papa s'assied sur le capot de la voiture, murmure des phrases impossibles à déchiffrer. Sous les couvertures, l'air peine à atteindre mes poumons.

Une dernière expiration. Une semelle sur la dalle en béton. Un spray pour toilettes. Trois longues nuées s'envolent et embaument l'air d'une asphyxiante odeur de pin. Papa toussote, renifle deux fois avant de sortir en claquant la porte. Il n'y a pas à dire, il est organisé dans son arnaque tabagique. Des cigarettes cachées dans un tiroir, un spray pour masquer le tout. Il nous disait qu'il aimait travailler dans cette odeur. Ça lui rappelait sa jeunesse, ses vacances dans les Fagnes. On ne pouvait pas comprendre. Nous, on trouvait que ça puait la mort, mais on n'expliquait pas toujours la nostalgie paternelle qui se concentrait sur des choses insignifiantes à nos yeux. Le spray des toilettes, c'était bizarre, mais on l'avait accepté.

Je profite de l'accalmie pour sortir des couvertures et me ruer hors du garage par la porte latérale. Au-dehors, le soleil entame sa révérence, encerclé de nuages gris. Un vent chaud se lève, emporte avec lui la poussière de mois de sécheresse.

Je m'avance dans les rues du village, cherche à me soustraire aux regards que je devine se poser sur moi. Impossible de dire si les voisins savent déjà, mais mieux vaut ne pas engager la conversation. En cherchant un coin où m'installer, j'ai pensé à l'arrière du gymnase. Si tu veux emballer une fille en toute discrétion, c'est l'endroit idéal. Cachées entre de vieux gradins en bois moisi, les mains se baladent, les langues s'entremêlent. Le gymnase a remplacé le cimetière. La commune en a fermé les grilles lorsqu'elle a compris ce qu'il s'y passait. On avait surpris de jeunes amants en posture délicate à la tombée du jour. C'était un endroit de recueillement, pas de débauche. Les autorités avaient voté des mesures sévères, ne donnant l'accès au lieu qu'en journée. Les couples avaient cherché un nouveau refuge et l'arrière du gymnase s'était retrouvé à accueillir son lot d'amoureux clandestins, réunissant dans la nuit les corps que le jour ne veut voir.

Caché derrière les gradins, je sors les outils de mon sac. Un réchaud, un plat en inox, une lime, un marteau. De quoi couler ce bloc, le découper en pièces, en pépites, le transformer pour qu'il cesse de tous les effrayer.

J'embrase le gaz. Un souffle brusque éclaire le jour tombant. Le bleu des flammes me réconforte. Elles dansent dans le vent, simples et majestueuses, sur une musique qu'elles seules peuvent entendre.

Ça me rappelle ce soir d'automne où Thomas, après avoir regardé une émission sur les hommes préhistoriques et comment le feu avait changé leur destinée, avait voulu reproduire ce mode de vie d'antan dans notre jardin. Il avait proposé de cuisiner dehors, sur les flammes, fasciné par l'idée que certains aient pu vivre sans électricité. Les parents s'y étaient opposés. Si on avait évolué, c'était pas pour s'emmerder à imiter nos ancêtres. Mais Thomas s'en foutait et avait commencé à réunir des brindilles au milieu de notre pelouse. On l'avait regardé depuis la table à manger, tenter de faire bouillir de l'eau pour ses spaghettis sur un feu dérisoire. N'empêche, ça faisait longtemps qu'on ne l'avait pas vu aussi fier de lui. Tant pis si les spaghettis étaient à peine cuits. J'avais obtenu l'autorisation de le rejoindre pour le dessert. On avait dégusté chaque cuillère de mousseline au chocolat dans le silence, les yeux rivés sur le balai safran que nous offrait le brasier.

Le bloc d'or posé sur le réchaud, j'attends qu'il se métamorphose, qu'il coule tel un ruisseau. Les flammes caressent sa surface, répandent leur chaleur, mais rien ne semble vouloir modifier sa forme. Il reste indemne, me nargue, fier de sa résistance, de sa force. Je le maintiens au-dessus du feu, persuadé que mon butin finira par céder à mes ordres. Des phrases s'échappent de ma bouche, sortes d'incantations à la transformation. Rien n'y fait. Mon trésor me défie. J'éteins le gaz, saisis le marteau et le burin, tape, cogne, frappe, répète mes gestes jusqu'à épuisement. Des gouttes de sueur roulent dans ma nuque. Mon corps résonne à chaque impact. Le lingot, lui, ne bouge pas. Quelques griffes à peine.

Je jette les outils dans le champ qui me fait face, pousse un cri furieux. J'ai besoin de Jérôme et Sophie, qu'ils me soutiennent, me conseillent. Nous construirons le musée avec cet argent.

## 15

Je voudrais rentrer chez moi, dire *Bonjour tout le monde*, manger des lasagnes tous ensemble sans que Maman n'appelle les flics. Il suffirait que cette histoire passe, qu'on en conclue que ce n'étaient que des rumeurs. Le gosse n'a rien trouvé du tout. C'est Brigitte qui raconte n'importe quoi aux ivrognes accoudés à son bar. Mais il est trop tard pour revenir en arrière.

Je me dirige chez Jérôme sans réfléchir. Au loin, une voix prononce mon nom. Un frisson me parcourt, je ne me retourne pas. La voix retentit à nouveau, ricoche sur les murs des habitations. Je l'ignore et bifurque au coin de la rue. Une voiture se rapproche, carrosserie noire et vitres teintées. Les yeux rivés sur le trottoir, j'allonge mes pas. Le véhicule s'attarde à mes côtés avant d'accélérer en trombe dans un nuage de poussière. Un voisin me salue, balai en main dans son allée de garage. Sa moustache gominée m'observe, son regard bleu me transperce. Je détourne les yeux et continue d'avancer.

Deux rues me séparent encore de ma destination. Une seconde voiture me double à toute vitesse puis s'immobilise brutalement. Je tourne les talons. Derrière moi, le véhicule amorce une marche arrière. Je lance mon sac dans les buissons, tente de garder mon calme, mais mon corps me hurle de m'enfuir. La voiture s'avance à mon niveau, la fenêtre se baisse. Je presse le pas, sens la transpiration de Marko remonter dans mes narines. Déjà, des larmes se forment au coin de mes yeux.

— T'as rien à me dire ?

Ne pas ouvrir la bouche, ne rien révéler, ne pas l'insulter.

— T'aurais pas trouvé quelque chose ?

— Tu vois bien que j'ai rien.

C'est parti tout seul. Les mots ont franchi mes lèvres sans que je ne puisse les retenir. C'est exactement ce qu'aime Marko, qu'on lui réponde, pour qu'il puisse riposter. On l'a provoqué. Et chez nous, la vengeance se révèle proportionnelle à l'affront infligé. Le respect, c'est parfois la dernière chose qu'il reste. Mieux vaut ne pas le compromettre.

Tout le village se souvient encore de la fois où le boucher avait provoqué notre voisin en duel, parce qu'il ne supportait pas d'être le cocu du quartier. Tout le monde avait protesté, c'étaient des manières du XVIe siècle, mais les deux hommes s'étaient retrouvés face à face sur la place du village, à s'échanger des poings. Le boucher avait le poids d'un bœuf, sa lenteur aussi. Il avait été surpris par la vivacité de son adversaire et s'était retrouvé la face écrasée sur le bitume sans avoir le temps de comprendre ce qu'il se passe. Il était cocu et vaincu. Sa femme l'avait ensuite quitté pour de bon et s'affichait fièrement au bras de son ancien amant devenu officiel. Le boucher a tenu un an avant de déménager son commerce loin des ragots et des yeux moqueurs.

Une portière s'ouvre avec fracas.

— Comment tu parles, là ?

Ça n'a pas raté. Marko sort de sa voiture et me saisit par la nuque. J'arque mes épaules, tente d'échapper à la pression qu'il exerce. Il enfonce ses doigts épais dans mon cou.

— Tu me parles pas comme ça, t'entends ?

Marko m'envoie dans la haie de thuyas bordant le trottoir. Les branches lacèrent mon dos, plantent leurs aiguilles dans ma peau. Il enroule sa main rugueuse autour de ma gorge, m'étrangle juste assez pour me laisser respirer et me faire comprendre qu'il peut poursuivre si nécessaire. Il aboie désormais, crie qu'il veut savoir où je l'ai planqué. J'ai beau dire que je n'ai rien de la manière la plus convaincante que je puisse composer, rien n'y fait. Les doigts de Marko se resserrent. Ma vue se trouble, mon corps s'alourdit.

On a longtemps dit de Marko qu'il était un imbécile. Une brute tout court, comme s'il se définissait uniquement par sa force. La mère de Jérôme nous a expliqué qu'il est surtout une âme brisée. Il a pris sur lui cette absence de père, cette mère en détresse, un surpoids avec lequel il se bat, et les moqueries qui s'ensuivent. On sait qu'il lutte avec ces fragilités, que la force comble les failles béantes qui creusent son âme. Mieux vaut démontrer sa puissance que de laisser les autres voir à travers vous. Les coups que Marko porte sont des coups contre les vies auxquelles il ne peut prétendre. Quand Marko vous frappe, il frappe ce que vous représentez. Cette famille dans laquelle vous vivez, cette chance que vous étalez sous son nez sans considération. Mais à cet instant, j'ai beau savoir tout ça, j'aimerais juste pouvoir respirer.

À bout de souffle, je désigne les buissons d'un bras cotonneux, quand le rugissement d'un moteur retentit. Un klaxon transperce l'atmosphère. Une voix d'homme ordonne de me lâcher. Marko réplique, m'assène un coup sur l'arcade, et relâche son emprise. Je m'écroule sur le sol, perçois les sons indistinctement. Des insultes s'élèvent. Des chocs entremêlés de cris retentissent. Une voiture démarre.

La voix de l'homme s'approche.

— Ça va ?

Je peine à me soulever, réponds « oui » avec le souffle qu'il me reste, et saisis la main tendue pour me relever. La brindille me fait face. Le mec des ventilateurs m'a sauvé. Il appelle la police, on va retrouver ce gars. Je ne parviens pas à répondre. Ma tête nage dans un épais brouillard. Du sang s'écoule de mon arcade, trouble ma vue. Je fouille le buisson. Le sac a disparu et la douleur gronde sous mon crâne. Ce n'était pas le plan.

Dans ma tête, la Lamborghini s'écrase contre un mur de brique. J'avais déjà choisi la couleur : dorée comme le lingot. Les palettes de ravioli retournent au magasin. Nous mourons étouffés dans notre salon sans climatisation.

La brindille saisit mon bras, mais je poursuis mon chemin. « Il faut te faire soigner ! » Je le remercie, esquisse un signe de la main. Ma vue peine à s'équilibrer. Le trottoir tangue sous mes pas, quelques gouttes de sang dévalent ma tempe. Je les essuie d'un revers de main. Je ne peux pas m'arrêter, pas maintenant.

Je repense à ces boxeurs qu'on regardait à la télé avec Papa. Les mecs se tapaient dessus pour le sport, tachant de rouge leurs torses musclés. Notre père avait bidouillé une antenne à l'arrière de la maison, achetée à un voisin pour quelques euros, grâce à laquelle on captait des chaînes de la terre entière. Mais ce que Papa préférait, c'était de voir les Thaïlandais s'envoyer leurs poings l'un sur l'autre. Notre père grimpait sur le divan à chaque impact, poussait des cris à chaque K.-O. et lançait des onomatopées en prétextant connaître leur langue. Il vantait les mérites de ces guerriers modernes qui n'avaient pas peur de se battre, eux. Il invoquait des grands noms de ce sport, parlait de leur éthique, leurs luttes. En vérité, notre père détestait la vue du sang. On le savait tous. Il s'était écroulé sur le sol du salon un jour où Maman s'était entaillé l'index en cuisinant. La blessée s'était retrouvée soignante, étalant l'hémoglobine sur le tee-shirt de notre père inconscient. Pas sûr qu'il saute de joie face à mon visage ensanglanté.

Je repère Jérôme à cent mètres de chez lui, assis sur le banc d'un arrêt de bus fatigué. À ses côtés, Sophie se tient immobile, le regard dans le vide. Je hurle leurs noms, incapable de décrire le soulagement que représente leur vue dans ce monde, à cet instant. Mes cris réveillent une nuée d'épines dans ma gorge. Des larmes roulent sur le visage de Jérôme. Une dent gît au creux de sa paume.

Une entaille traverse sa joue droite. Sa bouche vire au bleu. Aucun sourire n'éclaire Sophie cette fois.

Jérôme me regarde, les yeux chargés de haine et de désespoir.

— Est-ce que c'est la vérité ? Est-ce que t'as vraiment un trésor ?

Je réponds que non, je n'ai jamais rien eu, sans savoir pourquoi, alors que je m'étais promis de tout lui raconter. Nous avions juré dans la cabane. Les Caraïbes, l'amitié, nous deux, meilleurs amis. Mais je mens, lui raconte que Marko n'en a jamais assez, qu'il trompe l'ennui de ses vacances et s'acharne sur ceux qui croisent son chemin.

Sophie lâche que Marko n'est pas le seul à croire ça. La police a appelé son père. Il doit les contacter s'il en apprend davantage.

Je me perds dans mes mensonges et sens la honte m'étouffer. Face à moi, Jérôme semble désemparé. Il se remettait à peine de la perte des Caraïbes. Je m'assieds à leurs côtés et me dis que personne ne mérite ça. Surtout pas eux. Et je ne peux pas les perdre, pas maintenant. Alors, les yeux rivés au sol, je leur raconte tout. Je leur parle de mon envie de posséder, mon envie d'être sauvé de ce village, de cette famille, de cette situation. Cette avidité qui m'habite, cette envie de noir, d'anéantissement qui m'envahit. Je leur dis tout et ils écoutent, la bouche ouverte. Jérôme oublie pour un temps sa dent sanglante. Des larmes roulent sur ses joues.

— Et le musée dans tout ça ? Et nous ?

Aucun son ne sort des lèvres de Sophie. Je lui raconte qu'on pourrait construire son musée avec ce trésor s'il le souhaite. On le récupérera ensemble. Il sera nôtre pour de bon. Jérôme secoue la tête. Il ne veut pas de mon argent. Il érigera son musée autrement. Il se lève, essuie sa bouche tuméfiée d'un revers de manche, plisse les yeux sous la douleur que ses plaies lui infligent. Les larmes roulent sur l'arête de son nez. Il émet un *salut* empreint d'une tristesse infinie qui me transperce le ventre. Je voudrais retenir Jérôme, le convaincre de rester avec moi, mais il dévie le regard, repousse mon bras d'un geste ferme et rentre chez lui sans se retourner.

Des larmes glissent entre mes doigts, s'écrasent à mes pieds. Sophie m'observe, ses pupilles lancent des décharges. Pas besoin de plus pour comprendre ce qu'elle pense. Je suis un misérable, un moins que rien, un crétin avide. Un jour, à l'école, on avait abordé la Grèce antique avec notre institutrice, et comment des récits d'il y a deux mille ans continuaient de compter. Un personnage avait attiré mon attention. Elle s'appelait Méduse. Elle pouvait changer les gens en pierre, comme ça, d'un seul regard.

Sophie, c'était pareil. Ses yeux pénétraient ta chair et son jugement s'abattait sur toi, sans que tu puisses y échapper.

Finalement, elle se lève et suit Jérôme jusque chez lui. Elle a choisi le silence comme sentence, la pire de toutes.

Je bats en retraite vers la maison familiale. J'ai besoin de rassembler mes forces, de réfléchir à la suite. L'obscurité dévore peu à peu ce soir d'été. Le calme s'est installé sous le chant des grillons. Nuit méditerranéenne dans un décor de béton.

# 16

Les voix de mes parents résonnent dans la cuisine. Robert refait le monde. Maman s'efforce de le calmer, de contrer ses formules toutes prêtes, en attendant que ça passe. Robert finira tôt ou tard par sombrer.

Debout dans le hall d'entrée, je me dis que nos parents pourraient discuter, s'asseoir autour d'une table pour décider, ensemble, ce qui serait bénéfique pour cette famille. Mais je sais qu'ils sont incapables de coopérer. Tout le village s'en souvient encore. Il y a deux ans, ils avaient intégré une équipe des jeux villageois, un défi qu'ils s'étaient promis de relever un jour, et s'étaient retrouvés attachés l'un à l'autre pour un parcours d'obstacles. Courant dans des directions opposées, élevant la voix, ils avaient révélé au monde leurs désaccords profonds. Le parcours s'était rapidement transformé en scène de ménage. Les rires avaient laissé place à l'effroi. Dans le champ communal où mes parents s'entre-tuaient, les organisateurs avaient sifflé la fin de la partie. Nos parents avaient dû quitter les jeux, disqualifiés devant ce manque de fair-play flagrant au sein même de leur équipe. On les avait suivis de loin, avec Thomas, sur le chemin du retour, essuyant la honte infligée par nos géniteurs devant nos voisins. Papa gueulait. Tout le village pouvait bien aller se faire foutre avec leurs épreuves à la con. Et il a juré de ne plus jamais y participer.

Je profite du vacarme dans la cuisine pour monter dans ma chambre discrètement. Sur son matelas pneumatique, Thomas dirige un avion de papier au-dessus de sa tête, dans le jour tombant.

— T'étais où ?

— Chez Jérôme.

Il sait que c'est faux, mais ne dit rien. C'est sûrement à cause de la pénombre dans laquelle baigne notre chambre, mais il ne semble pas remarquer mon arcade sanglante. Il me raconte sa journée. Les parents ont crié plus qu'il ne le faut. La police est venue. Ils ont dit que j'avais volé quelque chose. Il y avait des rumeurs de lingot, mais ils avaient du mal à y croire. Papa et Maman n'ont rien dit face aux policiers. Ils ont ajouté que je n'étais pas en sécurité, des gens allaient l'apprendre et me retrouver.

Thomas a hésité à monter sur son vélo pour me chercher. Papa a bu son grand rouge primé un peu plus tôt que d'habitude et s'est couché dans le divan pour que personne ne le dérange. Il rabâchait qu'on pourrait utiliser ce trésor, s'enrichir. Maman n'était pas de cet avis, et puis la police savait désormais. Personne ne serait dupe de cette affaire et ils finiraient en prison comme les derniers des cons.

Puis le calme s'était installé. Thomas n'a pas quitté sa chambre. Il s'est fabriqué des avions en papier en guettant mon arrivée et n'a rien mangé ce soir, sauf une barre chocolatée rassie qu'il gardait sous son oreiller.

Thomas se lève, passe le bras sous mon lit et en extrait un classeur bleu écorné. Sur des feuilles vierges, il a découpé et collé toutes les annonces d'offres d'emploi qu'il a trouvées dans les journaux. Des recherches d'aides-ménagères côtoient celles des ingénieurs, qui succèdent aux menuisiers.

— C'est pour Papa.

Je me tais, décontenancé par tant d'attention et de maladresse. Thomas me sourit, fier de son travail. Il espère une validation de ma part. Son regard oscille entre les feuilles et mon visage. Je lui rends son sourire, caresse sa joue. Il referme le classeur, vient s'allonger à mes côtés. Je plonge mes narines dans ses cheveux, respire sa douce odeur de savon, et repense à la fois où mon frère avait déversé l'entièreté du flacon de bain mousse dans la baignoire. Une écume dense s'était formée, se déversant dans toute la pièce sous le regard tétanisé de Thomas, dépassé par les événements. On avait accouru, alerté par ses cris de détresse. Un mur de mousse nous avait accueillis. Il s'élevait à un mètre derrière la porte. Papa s'était frayé un chemin et avait découvert Thomas en boule dans un coin, paniqué face à l'ampleur de l'invasion. Nous, ça nous avait fait marrer. Papa l'avait appelé Captain Mousse pendant une semaine. Thomas, lui, ne semblait pas partager notre humour autour de cet événement. Depuis, il ne prend que des douches.

Couché sur ce lit, je sens que Thomas n'attend rien d'autre de moi que d'être là pour lui, une présence réconfortante qui dit que tout va s'arranger. J'aimerais pouvoir le rassurer, répondre à ses questions sans hésiter, mais une part de moi peine à me convaincre du sens de cette famille.

Nous restons côte à côte, en silence. Les rideaux de la chambre dansent le tango dans la brise de la nuit. Maintenant que je suis rentré, le corps de mon frère se relâche, chacun de ses muscles se décontracte.

Il s'endort la bouche ouverte. Un mince filet de bave ruisselle sur mon oreiller. Selon son institutrice, nous avalons en moyenne cinq araignées par nuit. Elles s'introduisent dans notre bouche et se retrouvent piégées par notre salive. Thomas s'était inquiété, il devait en manger quarante, au moins ! Maman s'était voulue rassurante. On n'était pas sûr du nombre, et ça arrivait à tout le monde. Ça n'avait pas calmé mon frère. Au moment de se coucher, il avait sorti du papier adhésif, s'était recouvert la bouche de nombreuses couches, avant de s'enfouir sous la couette. À son réveil, il avait retrouvé ses cheveux emmêlés dans l'adhésif. Maman avait dû les lui raser. Il s'était rendu à l'évidence. Sa méthode ne servait à rien. Chaque soir, il chassait pourtant les insectes de sa chambre avant de dormir, comme certains chassent le monstre sous leur lit.

La tête posée sur mon épaule, Thomas a enfin trouvé l'apaisement. Je reste couché à ses côtés, les yeux fixés au plafond. Il faut que je retrouve Jérôme et Sophie, qu'on récupère ce lingot. Pas question de laisser Marko s'en tirer comme ça. Notre histoire ne peut pas s'arrêter là.

# 17

L'ombre des feuilles danse sur le plafond. Je me relève d'un bond. Je n'avais pas prévu de dormir là. J'aurais dû pourchasser Marko, le traquer jusqu'à ce qu'il cède, récupérer mon dû accompagné de mes amis, mais je me suis effondré sur ce matelas. À côté de moi, Thomas gémit avant de s'étirer de tout son long. Il y a décidément quelque chose d'un chat chez lui.

Le miroir de la salle de bain me renvoie un visage défait. Une croûte épaisse s'est formée sur mon arcade, le sang a séché le long de ma joue.

Pour Maman, les cicatrices racontent notre vie comme un livre. Elle aime nous montrer celle qui traverse son abdomen, d'où est venu Thomas. Il aurait aimé sortir les pieds en premier, refusait de se retourner dans le ventre maternel. Les traces que nous arborons racontent les accidents de la vie, pour toujours. Je me demande ce que Thomas pense quand il contemple son bout d'index enlevé par notre scie sauteuse.

Je nettoie ma joue. Les traînées ocre s'effacent sous les passages répétés, laissent place au rouge des frottements. De profondes marques bleu verdâtre décorent mon cou, signent la poigne de Marko. Je glisse ma main sur ces stigmates, la douleur se réveille sous ma peau. Il ne m'a pas raté.

Dans la cuisine, mes parents discutent, l'air grave. Je lance un vague salut, attrape un bol de céréales et m'assieds à table face à mon père, dans un simulacre de normalité. Papa relève le regard et se racle la gorge.

— D'où tu viens ?

Silence. Les flocons grattent mon œsophage, progressent lentement vers mon estomac.

— Valentine a appelé. Jérôme a été tabassé hier. Elle dit que ce serait mieux que vous ne vous voyiez plus pendant un temps.

— Quoi ?

Je me lève d'un bond. Mon père saisit mon bras, serre la poigne.

— Rassieds-toi.

J'obéis, pense à notre collection, à notre musée en devenir, à tout ce qu'on a construit jusque-là. Tout s'écroule.

— Elle aimerait connaître la vérité. Qu'est-ce qui s'est passé hier ?

— Je sais pas.

— Tu ne sais pas ?

Je hoche la tête, espère que ce mensonge suffira cette fois. Je sais que j'ai peu de chances que cela fonctionne. Maman m'avait inscrit à des cours d'expression dramatique organisés dans la salle des fêtes du village. À la distribution des rôles, j'ai été désigné souffleur. Papa n'a pas caché sa déception, mais a laissé à ma mère le soin de me rassurer. Souffleur était un rôle primordial, il ne fallait pas le minimiser. N'empêche qu'ils ne sont pas venus assister à la représentation.

Debout à la fenêtre, Maman tient une cigarette devant son visage, la laisse se consumer dans le vide.

— Et comment tu expliques ta blessure là, sur l'arcade ? lance mon père.

Ma bouche s'assèche sans prévenir. Papa tape des poings sur la table, élève la voix.

— Et qu'est-ce que tu as fait de ce lingot ?

Je me lève, tente d'esquiver la main que mon père lance en ma direction. Il referme ses doigts sur le col de mon tee-shirt.

— Tu ne vas nulle part aujourd'hui !

Je me débats, le tissu se resserre autour de mon cou. Dans ma tête, les doigts de Marko s'enfoncent dans ma gorge, les branches du thuya dans mon dos. Un frisson me parcourt. Le cri de ma mère résonne dans la cuisine. Elle s'est retournée.

— On garde son calme, d'accord ?

Papa desserre son emprise, mon sang circule à nouveau. Maman plante son regard dans le mien. Le bout de sa cigarette rougeoie sur le bord de ses lèvres. Tout le monde reconnaît ce cri. Quand il arrive à tes tympans, t'as intérêt à tout arrêter, sinon elle fonce dans ta direction et ses mains ne sont jamais loin.

— Toi, tu restes ici. Tu passes la journée dans ta chambre. Tu t'es déjà attiré trop d'ennui.

Papa me traîne jusqu'à mon lit et referme la porte dans un claquement. Le tintement des clés dans la serrure achève de signifier mon emprisonnement. Je clos mes paupières. Les rayons dorés valsent dans ma tête. Ils ne me quittent plus. Un grincement me sort de mes songes. Thomas pénètre dans ma chambre.

— Papa veut bien que je reste avec toi.

Prisonnier volontaire, il s'installe en silence à mes côtés. Dehors, une grive chante. Thomas récupère le classeur sous mon lit, tire une énorme pile de journaux. Je déplie les pages délavées au hasard et me prépare à découper des annonces. Elles datent d'au mieux un mois, mais Thomas détoure chacune d'elles avec ses ciseaux à bouts ronds et enduit leur verso de colle. Il s'applique. Sa langue dépasse de ses lèvres fines. Un cadeau de fête des pères avant l'heure.

— Si tu pouvais, tu choisirais quoi comme maison ?

Thomas adore ce genre de questions, celles qui vous amènent dans les méandres de votre imagination, vous suggèrent que tout est possible, que vous avez le choix entre caviar et homard. Il pourrait y jouer des heures. La demeure idéale de Thomas, c'est une maison en bord de mer, les vagues qui s'échouent dans le salon. Trois serviteurs. Un pour tenir son cocktail, un autre pour lui lire des histoires et un troisième pour lui faire à manger. Que des pâtes. Il m'invitera, il promet, mais pas tous les jours non plus. Il aura, dans l'ordre, deux chiens, un chat, un perroquet, un kangourou, une baleine bleue, et si possible un dinosaure. Un squelette évidemment, il sait que ça n'existe plus.

Trois coups résonnent sur la porte de la chambre. Maman pénètre dans la pièce, un plateau en mains. Elle y a disposé des tartines, deux bananes et une pile de sablés. Thomas pousse le classeur et attaque le pain avec appétit. Elle s'assied parmi nous, me regarde.

— C'est pour ton bien, d'accord ?

J'acquiesce, même si je doute de l'intérêt d'être détenu dans sa propre chambre. Papa dit que les prisons n'arrangent rien. Il n'y a rien de tel pour donner des idées aux criminels. Comme si être enfermés à six dans une pièce avec d'autres détraqués allait résoudre quoi que ce soit. Il sait de quoi il parle. Un de ses oncles a passé la moitié de sa vie en prison avant de s'en échapper et de mourir dans un braquage qui a mal tourné. Comme rédemption, on avait connu mieux. Il ne devrait pas y avoir de prisons, sauf pour les tarés, les vrais, ceux qui égorgent les petites filles en série. Si la société était moins folle, si on arrêtait de nous emmerder avec tout un tas de conneries dans nos vies, nos prisons se videraient comme l'eau à travers le siphon d'une baignoire.

— Il vaut mieux que ces histoires se tassent. C'est trop pour ton père…

Maman me sourit, observe mon cou. Elle se retient de parler, passe sa main calleuse sur mon visage, se contente de me regarder. J'attrape une tartine devenue sèche, la mâche sans faim. Maman s'est offert une machine à pain pour la fête des mères l'année passée. Elle était revenue à la maison, fière de son acquisition. Finies les courses chez le boulanger. Elle avait mis deux mois avant de trouver la recette idéale, sans que ça ne la décourage pour autant. Thomas et moi étions les cobayes tout désignés pour ses expérimentations, forcés d'avaler les tartines sans broncher. Un mot de travers à propos des merveilles qu'elle confectionnait, et sa paume rejoignait votre joue dans un claquement sec. Elle se crevait pour nous offrir le meilleur et demandait un peu de reconnaissance.

Son choix s'est arrêté sur une version foncée et fournie en graines, alors qu'on détestait ça. Il n'y avait pas de raison qu'elle soit obligée à manger du pain blanc insipide toute sa vie, tout ça parce qu'on avait un palais éduqué par les fast-foods. Que Thomas entreprenne d'enlever chacune des graines avant d'avaler une seule bouchée ne l'avait pas non plus découragée, même si ça allongeait tous les repas d'un quart d'heure. La détermination maternelle ne s'était jamais exprimée de façon aussi claire. Il n'y avait pas d'alternative.

Maman nous observe picorer les aliments du plateau, puis se retire en silence. Nous grignotons les sablés, couchés sur le sol, notre ennui baigné dans l'ardeur du jour. Maman aimait nous en rappeler ses vertus. C'était dans les moments vides que naissaient les choses les plus belles. Notre esprit saisissait ces instants pour en extraire des richesses insoupçonnées. On devait les chérir au lieu de s'en plaindre. On ne se rendait pas compte de notre chance. Tout ça, c'était une question de perspective.

À mes côtés, Thomas poursuit sa collecte d'annonces, comme si sa vie en dépendait. Le vent pénètre dans la chambre, nous baigne dans l'odeur d'herbe séchée qu'il charrie. Je n'ai pas le cœur à l'aider, à consacrer ma journée à une tâche aussi vaine.

Couché au sol, je pense à Sophie et Jérôme. Ils sont ma famille, celle que j'ai choisie. Il faut que je les persuade que oui, il y a de l'espoir. Tout n'est pas mort. Pas question de laisser cet été plonger dans les ténèbres.

Soudain, un caillou atterrit à mes pieds. Je l'observe sans comprendre. Un second projectile heurte le châssis de la fenêtre. Thomas pousse un cri, surpris par l'impact. Je m'avance en rampant, me dresse vers l'ouverture et évite de peu une nouvelle pierre. Elle se pose sur mon lit sans un bruit. Au-dehors, je découvre Jérôme, debout dans la cour. Un frisson grimpe jusqu'au sommet de ma nuque.

Sophie débarque de derrière le garage, une échelle dans les mains, celle que Papa nous avait obligés à venir chercher avec lui dans le village voisin. Elle était tellement grande qu'on n'avait pas pu la rentrer dans le coffre de la voiture. Papa ne voyait pas le problème, on n'avait qu'à la ramener à pied, Thomas et moi. Il nous suivrait, roulant au pas, les feux clignotants pour signaler notre présence. Sur le chemin, Papa poussait des cris, imitant la sonnerie en quatre temps que lancent les voitures en tête des courses cyclistes amateurs. Nos épaules broyées par le métal nous imploraient d'arrêter, mais pas question de faire de pause. On était forts, notre père le savait. On y était presque. La maison était apparue dans notre champ de vision deux heures plus tard. Je n'avais jamais été aussi heureux de la retrouver.

Jérôme et Sophie hissent l'échelle jusqu'à la chambre. J'enjambe la fenêtre et m'accroche aux barreaux de métal. Thomas me fait face. Je presse mon index contre mes lèvres. Mon frère scelle les siennes d'une clé imaginaire. J'atteins le sol en quelques enjambées, me retourne vers Jérôme. Son visage porte les traces de sa rencontre avec Marko, les marques de bataille persistent. Sophie m'adresse un sourire discret. Tout n'est pas perdu.

Les premiers coups de pédale réveillent l'énergie qui sommeille en moi. Nous roulons en silence sur les chemins poussiéreux, en direction des Caraïbes. Le vent nous enveloppe, nous pousse vers l'avant, nourrit ce désir de vengeance qui nous anime tous.

# 18

Pas question d'atteindre les Caraïbes par l'entrée principale, cette fois. Marko nous repérerait. Arrivés à la carrière, on saute de nos vélos et on affronte la végétation dense autour de son enceinte. Jérôme a emporté une pince coupante. Son père possède, lui aussi, sa collection d'outils dans sa cave. Je me demande si cette pulsion grandit en nous avec l'âge, et conditionne notre entrée dans le monde adulte. Ma maison, mes enfants, mes outils. Tout est coché, tout est bon.

Sophie désigne l'endroit propice à notre infiltration. Elle est en charge des opérations. Jérôme s'agenouille face au grillage et découpe les mailles une à une. À chaque claquement, il dévoile ses idées de tortures pour Marko. *Je l'écrase. Je le noie. Je le poignarde.* Ces sentences libèrent une haine trop longtemps contenue. Jérôme accumule les affronts comme certains empilent les pièces d'or. Chacun d'eux déploie en lui une rage susceptible d'exploser à tout moment. On se souvient tous du rat mort qu'il avait caché dans le lit d'Adrien, un camarade de classe, pendant un voyage scolaire, parce qu'il le harcelait sur sa petite taille. À l'heure du coucher, un cri strident avait envahi la chambre. Le sang du rongeur avait imbibé ses draps et souillé son matelas. L'odeur était devenue insupportable dans la pièce envahie par les mouches. Adrien s'était évanoui.

Des rires retentissent au loin. Parmi eux, la voix de Marko. Sophie saisit le grillage, l'ouvre comme un rideau et fixe l'accès avec un collier de serrage. Ce sera notre échappatoire.

On s'avance dans les fourrés, l'un derrière l'autre. J'observe les alentours, la tension court dans nos muscles.

Au travers des fougères, nous les apercevons. Sur la rive, Marko est affalé, torse nu, sur une chaise de camping délavée, une cannette en main. Ses seins s'affaissent sous ses aisselles. Trois autres garçons l'entourent, assis à ses pieds. Je scrute la scène. Pas de trace de lingot. Ils devraient pourtant fêter ça, déambuler tels des princes, faire baver le village devant tant de richesse, mais ils sont là, à boire des bières insipides aux Caraïbes.

Sophie pointe le sac de sport noir posé aux pieds de Marko. Le lingot doit être là, à l'abri. Il n'a pas prévenu ses amis de sa nouvelle acquisition. Pas question de partager. La cupidité doit le ronger, comme elle m'a consumé. Cette envie de posséder le monde, d'accéder à un ailleurs. Le souvenir de cette noirceur m'envahit tandis que je regarde Marko avaler sa bière premier prix. Mais Marko n'a pas besoin de ce lingot pour s'enfoncer dans les ténèbres. Elles rongent déjà ses entrailles.

Jérôme pose sa main sur mon épaule et me sort de mes pensées.

— Alex !

Sophie se plante face à moi, claque des doigts devant mon absence de réaction.

— T'as suivi ?

Je hoche la tête de droite à gauche. Sophie répète : elle a un plan. Elle a toujours un plan. Son imagination la sortira de tout. Un jour, elle a même réussi à éviter les foudres paternelles alors qu'elle avait teint les poils de son chien à l'acrylique. Elle avait vu les colorations arc-en-ciel dans les cheveux des femmes à la mode et avait voulu tester. Son chien était devenu son cobaye. Il s'était allongé dans la pelouse, haletant, heureux qu'on s'occupe de lui. Sophie avait appliqué la peinture bleue sur les poils du canidé quand son père avait débarqué, furieux. Il était important de prendre soin de nos animaux, ce n'était pas une poupée. Sophie avait sorti son large sourire, parlé du bien-être animal en experte et expliqué que son acte n'était pas condamnable. Son père avait tourné les talons, exaspéré de tant de verve. Elle avait rincé les poils du molosse à grande eau et découvert le résultat avec un plaisir non dissimulé. La coiffeuse d'en face l'avait félicitée pour ce tie-dye canin. C'était le plus beau qu'elle ait vu, et de loin. Avec Jérôme, on n'en revenait pas de tant d'audace, mais Sophie se sortait de tout avec cette aisance inégalée qui ne cessait de nous impressionner.

Nos paumes se rencontrent dans des claquements successifs, signes de départ. Sophie saisit une pierre à ses pieds et l'envoie dans l'eau d'un large mouvement de bras. Un impact sourd, un geyser. De quoi distraire les crétins assis à l'autre bout. Marko se redresse dans son siège, à l'affût, imité par les garçons à ses pieds. Des dobermans ne feraient pas mieux.

Jérôme surgit des fougères et s'élance pour défier la bande, sur la rive opposée. Leurs voix s'élèvent : « C'est chez nous ici ! » Pas question de laisser piétiner leur territoire fraîchement conquis. La colonisation, on connaît, comme dit Papa. On en a fait notre spécialité à une époque pas si lointaine. Y a qu'à voir comment certains ont exterminé les Indiens et prétendu avoir découvert un nouveau monde. Il n'était nouveau que pour eux. Les autochtones auraient tout donné pour voir ces envahisseurs rentrer chez eux. Mais ils avaient essuyé les balles et vu leurs tribus décimées par ces Blancs prétentieux. Les trois garçons emboîtent les pas de Jérôme, qui détale comme si sa vie en dépendait. Marko veille à la sécurité du territoire. Il a entraîné ses chiens de garde.

Thomas s'est déjà essayé au dressage, avec notre chat Mistigris. Mon frère l'a pourchassé durant une journée entière, l'intimant de s'asseoir à son signal, lui promettant des croquettes à volonté alors qu'elles étaient strictement rationnées. Le félin l'avait d'abord regardé sans broncher, mais face à l'insistance de mon frère, il avait tendu les griffes et balafré sa joue droite. Ça a conclu l'expérience. Au dîner, Papa lui avait fait remarquer qu'on ne pouvait rien apprendre à ces bêtes. Elles se foutaient de nous, avec leur air supérieur. Et au cas où il ne l'aurait pas encore compris, il vivait désormais chez notre chat, et non l'inverse. C'est nous qu'il avait dressés.

Face au lac, Marko est seul désormais, debout, cannette en main, fier de son escadron. Dissimulée par les buissons, Sophie s'avance vers lui. Je reste sur place pour surveiller l'entrée. J'ai protesté face à ce rôle de figurant. Mais Sophie le juge essentiel. Si on n'a pas de sortie, on n'a rien.

Sophie et Jérôme sont désormais hors de vue. Marko avale une large gorgée de bière face à l'étendue turquoise, écrase sa cannette et la lance dans les eaux du lac. Derrière lui, Sophie sort des buissons, avance à pas feutrés vers le sac noir. Le sang bat mes tempes, mon esprit se concentre sur les mouvements de Sophie. Y a rien de plus fort que le mental, selon Jérôme. Y a qu'à voir à la télé comment on manipule les gens en les hypnotisant. L'autre jour, un mec se prenait pour Napoléon et répétait qu'il quitterait Sainte-Hélène pour de bon à l'aube. Jérôme ne connaissait pas cette femme, mais ça l'avait fait marrer, et il était certain d'une chose : si tu y penses très fort, il y a des chances que ça arrive.

Un reniflement brise le silence des Caraïbes. Marko crache à ses pieds, se retourne vers son siège et fait face à Sophie. Leurs regards se rencontrent dans une seconde qui semble s'étirer sans fin. Sophie profite de la stupeur de Marko, se jette sur le sac et l'emporte dans les buissons, sous les cris de l'ennemi. Il voudrait la rattraper, mais il ne peut rien faire seul, c'est trop pour lui. D'une voix rauque, il hèle ses chiens de garde.

On s'est toujours demandé comment ces garçons pouvaient supporter ses ordres. Papa affirme qu'il faut de l'autorité, des idées et une haine féroce pour entraîner les gens avec soi. Y a qu'à voir le petit moustachu allemand et comment il a su exterminer la moitié de l'Europe. Il savait parler, il aimait les costumes bien faits, et sa nostalgie nauséabonde pour la grandeur de la nation s'était chargée du reste. Les gens répondent à ce genre de choses, c'est tout. Pas besoin de plus, vous voilà leader du monde moderne.

Jérôme me rejoint derrière les fougères, détrempé de sueur. Les secondes s'écoulent. La meute se reforme autour de Marko. Derrière nous, un bruit métallique. Sophie a déjà enfourché son vélo.

Sur la berge, les insultes pleuvent. Nos jambes pédalent sans retenue à travers les broussailles, fouettées par les herbes qui nous entourent. J'imagine le désarroi de Marko, l'impuissance qui le gagne, lui qui pensait pouvoir s'en sortir comme ça.

Sur le chemin de terre, Sophie ouvre la voie, suivie de près par Jérôme. Le vent tourbillonne autour de nous, emporte la poussière sous nos pneus.

## 19

Il n'y a rien dans ce sac, ou presque. Deux cannettes de bière premier prix, une serviette de bain peluchée, un paquet de clopes entamé. Derrière le gymnase, posés tous les trois à l'ombre des gradins moisis, l'extase a laissé place à la déception.

Sophie attrape les cigarettes, en glisse trois dans sa bouche et saisit une des allumettes de sa poche. Un grattement, une flamme, trois bouts rougeoyants. Elle garde la première entre les lèvres, distribue les deux autres. On sait qu'elle a déjà fait ça. Son père fume plus qu'il ne le devrait, c'est une des raisons de son divorce, il y a trois ans. Sa femme disait qu'elle ne voulait plus embrasser un cendrier ni vivre dans un aquarium. Sophie comprenait, la clope accompagnait son père à chacun de ses pas, l'entourait d'un nuage odorant qu'elle peinait à percer. Mais quand la cigarette avait été interdite dans les lieux publics, son père avait décidé d'adopter cette nouvelle loi même à la maison. Les vapeurs bleuâtres avaient quitté leur salon, l'air était devenu respirable, Sophie avait retrouvé son odorat.

Elle avait appris plus tard la cause de cette résolution. Un soir d'automne, son père était venu s'asseoir sur son lit, alors que le vent emportait les feuilles mortes dans la nuit. Il voyait qu'elle grandissait, il savait qu'elle serait tentée d'expérimenter la cigarette, ce fléau, cette addiction avec laquelle il se battait. Il ne lui souhaitait pas ça. La clope était sournoise, toujours présente dans un coin de votre esprit, quoi que vous fassiez. Sophie l'avait écouté, sans oser poser de question. Son père avait terminé son exposé et quitté la chambre en silence, le pas lourd de responsabilité.

Par la suite, il a tenté de protéger sa fille de la tentation de la cigarette en dissimulant l'objet de son addiction, mais impossible de planquer une telle quantité. Il les achète par fardes entières au Luxembourg, elles coûtent moins cher là-bas. Tous les deux mois, ils vont rendre visite à son oncle qui vit à la frontière, du côté belge, et en profitent pour acheter alcool et cigarettes de l'autre. Ou peut-être que l'ordre des priorités est inversé dans la tête de son père : Cigarettes et alcool d'abord, oncle après. Elle ne sait pas, elle n'a jamais demandé, mais elle connaît tous les gestes des fumeurs, dont elle a intégré les codes au fil des ans.

Moi, je n'ai jamais osé. Les regards noirs de ma mère m'en ont dissuadé. Mes parents fument pour quatre, pas besoin de nouveaux membres dans leur équipe funèbre. Je porte le bâton de tabac au bord de mes lèvres, observe Jérôme faire de même. Je tire sur la clope, sens la fumée remplir ma bouche, descendre dans ma trachée, infiltrer mes poumons. Mon corps accueille d'abord ces sensations nouvelles avant de les rejeter avec force. Ma gorge se serre sans prévenir, une quinte de toux secoue mes muscles. Jérôme ne s'en sort pas mieux. Sophie affiche un sourire narquois.

— Ça va les bébés ?

C'est con, mais on a éclaté de rire comme des débiles, à plus se ravoir, à manquer d'air, à sentir les larmes qui pointent au coin des yeux. Parce qu'on est encore des bébés, quelque part au fond de nous. Tout ce qu'on a été capable de ramasser, ce sont des clopes et des bières. Pas de lingot. Et on n'a aucune idée d'où se trouve ce putain de trésor. Marko est plus prévoyant que nous, on dirait.

En début de cinquième primaire, notre institutrice nous avait pourtant dit de ne jamais nous fier aux apparences. Il fallait laisser le temps à chacun de prendre sa place. Elle avait dit ça avec entrain, devant notre nouvelle classe, celle de la *mixité*. L'école avait installé un conteneur vitré au milieu de la cour afin d'accueillir les élèves du village d'à côté, dont l'école insalubre avait fermé. Leur classe de cinquième était la seule comptant plus de dix membres. Face à l'affluence soudaine au sein de l'établissement, notre directrice, qui louchait derrière ses lunettes à double foyer, avait décidé de mélanger les élèves. En réalité, elle avait désigné deux personnes de notre classe pour les intégrer à celle de l'autre village. C'était tombé sur Jérôme et moi. La mixité s'arrêtait là. Débarqués dans cette classe d'inconnus, on regardait autour de nous, les yeux ronds comme des soucoupes. On n'avait rien fait. On n'avait pas demandé à être là. Mais tout le monde était d'accord : ça nous ferait le plus grand bien. Pas sûr que ça nous ait vraiment aidés.

C'est pas pour rien que Marko ne nous a pas pourchassés. Un sac insignifiant, voilà ce qu'on a entre les mains. Un rien du tout alors que l'or sort de ses poches. Je l'imagine, hilare, sur les rives des Caraïbes, entouré de ses soldats, à savourer sa victoire.

Je plonge ma main dans le sac, ouvre une des cannettes encore fraîches et avale une gorgée de bière. L'alcool réchauffe mon estomac, irradie au travers de mon corps. Je passe le demi-litre à Jérôme. Il boit à son tour, en silence. Adossé au mur, je repense au curé de la messe de Pâques à laquelle Nany nous avait traînés il y a trois ans. L'homme en toge avait présenté le sang du Christ à la foule clairsemée avant de le boire d'un trait, sans prévenir.

Avec Thomas, on avait tenté de dissimuler nos rires du regard désapprobateur de notre grand-mère. On savait que ce n'était pas du sang. Notre père pourrait boire son sang du Christ primé dans un calice. Ça aurait une autre gueule quand même. Et puis Thomas avait bâillé, lançant malgré lui une chaîne de déboîtements de mâchoire parmi les croyants. C'était pas de sa faute, après tout. Si ce mec derrière son autel, ça l'emmerdait tellement d'être là qu'il préférait boire son verre cul-sec, fallait pas espérer qu'il nous passionne. À la sortie de l'église, Nany s'était penchée vers nous. Jésus s'était sacrifié pour nous, il n'y avait rien de marrant là-dedans. On n'aurait pas de chiques au café cette fois. N'empêche, on trouvait qu'il devait quand même bien s'ennuyer ce type en robe, à travailler le dimanche pour quelques pensionnés.

Assis entre les gradins, je profite de ce moment, dans ces vapeurs de clope et d'alcool, que nous touchons à peine. Du coin de l'œil, j'aperçois la main de Jérôme se poser sur celle de Sophie. Rien ne les trahit à part ce geste, mais quelque chose se fend en moi. Un éléphant écrase la porcelaine au fond de mon ventre, les débris lacèrent mes entrailles. Je tourne la tête, observe les champs roussis par la chaleur. On y mettrait un lion qu'on pourrait croire à la savane. Un groupe de corneilles s'envole dans un épais nuage, noircit d'un coup le ciel azur de cette fin d'après-midi.

Peut-être que cet été est le début de la fin. Le début d'autre chose. Rien ne se passe comme prévu, peu importe la force avec laquelle je le souhaite. Je me retrouve coincé derrière le gymnase, les mains vides, chandelle d'un couple naissant. Tout contredit la théorie de Jérôme.

Je redoute d'arriver en septembre. Maman dit que le collège dans lequel je mettrai les pieds est le meilleur de la région. L'heure de bus en vaut la peine. Elle m'y a enfin trouvé une place. Ce sera l'occasion de changer d'air, de me faire de nouveaux amis. Parce que Jérôme ne m'y suit pas, évidemment. Sa mère a choisi de le laisser dans l'école la plus proche, à vingt minutes seulement. Face à nos protestations, nos parents ont tenu bon. Notre amitié survivrait, elle évoluerait. Avec Jérôme, on s'en fout d'évoluer. On veut juste pouvoir partager un banc jusqu'à nos dix-huit ans, rigoler comme des bouffons au dernier rang à en pleurer, se faire sortir par le prof et envoyer nos rires résonner dans les couloirs sous les regards exaspérés. Et ça jusqu'à en crever. Un jour, on avait essayé d'imaginer ce que seraient nos vies à quarante ans. Tout ce qu'on voyait autour de nous nous déprimait. On avait décidé de vivre libres, de s'en foutre de tout et de jouir jusqu'au bout. Il était possible qu'on meure à vingt-sept ans. Les chanteurs succombaient à cet âge, pour une raison que personne ne parvenait à expliquer. Mais mieux valait mourir jeune que de s'emmerder jusqu'à cent ans. Tout ça, c'était avant que le musée ne devienne le centre de notre vie.

— On fait quoi maintenant ?

C'est Jérôme qui a ouvert la bouche, mais personne ne répond. Je pense à ces mains enlacées, à cet éclat doré qui m'obsède, et avale une nouvelle gorgée de bière. Sophie s'éclaircit la voix, évacue les résidus de tabac en crachant sur le sol pierreux. Elle a peut-être un plan.

# 20

Nous traversons le village en direction de la lisière du bois, à sa frontière sud. Là, dans une clairière, au milieu d'objets en attente d'un avenir incertain, vit le vieux crasseux avec son chien. Un ermite. Maman n'est pas d'accord avec ce terme, il est bon pour les moines, pas les gens qui ne disent pas bonjour et ne se lavent qu'une fois l'année. Ermite ou pas, tout le monde le connaît, peu lui ont parlé.

Sophie a suggéré d'aller le voir parce qu'il s'est rendu plusieurs fois dans le cabinet de son père. Son chien souffrait. Une tumeur à l'abdomen. Le vieux n'était pas du genre à mendier, mais le coût des soins était insurmontable, et ce chien était tout ce qu'il avait, tout le monde le savait. Le père de Sophie avait décidé de le soigner sans rien demander en retour. Il ne pouvait pas laisser l'animal dans cet état et n'avait pas trouvé le courage de l'euthanasier devant le regard plein de larmes du crasseux. L'homme lui répétait à chaque visite qu'il lui revaudrait ça. Son père avait sa parole, il ne disait pas ça pour se donner bonne conscience. Aujourd'hui, le moment est venu.

Nous, avec Jérôme, tout ce qu'on sait de ce type, ce sont les regards désapprobateurs jetés en sa direction lors de la kermesse annuelle à laquelle l'ensemble du village se retrouve dans des odeurs de graisse, de bière et de barbe à papa. C'est l'image d'un homme en bleu de travail accompagné de son chien poussiéreux, qui met tout le monde d'accord au punching-ball installé devant les jeux d'arcade et renvoie à la maison les adolescents crâneurs à mobylette qui tentent d'impressionner des jeunes filles au nombril découvert. Un homme solitaire, qui ne s'excuse pas d'être ce qu'il est, même si cela en décontenance certains.

Dans le village, le calme règne. Seule une tondeuse rugit au loin. Encore un voisin obsédé par sa pelouse. Enfin, nous débouchons dans une clairière sombre. J'avance dans le chemin caillouteux, repense aux poings vigoureux lancés dans le ballon de la kermesse. Autour de nous, toutes sortes d'objets sont entassés. Trois voitures désossées reposent sur le flanc, rangées l'une contre l'autre. Bien sûr, Jérôme observe tout ça avec intérêt. Son coude se précipite dans mes côtes. Il m'invite à regarder autour de moi les trésors qui nous entourent. J'ai peur qu'il ne se trouve ici un mentor.

Papa a toujours clamé qu'on mènerait la vie qu'on voudrait lorsqu'on serait adultes. Le crasseux pouvait même être notre modèle si ça nous faisait marrer, il s'en balançait pas mal. En attendant, si les règles de la maison ne nous convenaient pas, on n'avait qu'à mordre sur notre chique. On pourrait s'enfuir à la majorité, il ne nous retiendrait pas. Moi, je vois bien que c'est des conneries, qu'on ne fait pas ce qu'on veut. Y a qu'à voir la tête des adultes qui nous entourent. La liberté, c'est un concept de riches. Les autres peuvent aller se faire voir.

Une maison mangée par le lierre apparaît derrière les arbres. Une Cadillac rose dont il manque les roues repose sur des blocs en béton, reine amputée de cette cour à l'abandon. Le chien aboie face à nous. Sophie se baisse, tend la main et siffle un air doux. L'animal redresse les oreilles, s'avance en boitant pour lui lécher les doigts. Une ombre massive se dresse sur le pas de la porte. Nos muscles se raidissent. Le vieux crasseux nous fait face, debout dans sa salopette bleue barbouillée.

Un jour, Thomas l'avait dessiné avec des boulons de Frankenstein, ceux qui sortent du cerveau de chaque côté du crâne. Papa avait explosé de rire devant le résultat. C'était la meilleure caricature qu'il ait vue de ce type.

Il avait tenu à afficher ce chef-d'œuvre sur le frigo, pour que chacun puisse en profiter. Le dessin y était resté trois jours, jusqu'à ce qu'il décide d'en faire une boule de papier pour chasser Mistigris du plan de travail.

La voix du crasseux s'élève dans la clairière :

— Qu'est-ce que vous voulez ?

Ma gorge s'assèche. L'homme nous fixe de ses yeux clairs. Il a toujours détesté les enfants, on le sait. Il gueule sur ceux qui tentent de lui parler. Trop bruyants, trop bêtes. Il ne voit pas pourquoi il devrait répondre à leurs questions débiles. Il vit comme il veut, seul si ça lui chante. Il n'a de comptes à rendre à personne.

Sophie s'avance à sa rencontre et se présente. Les traits du vieillard se relâchent aussitôt. Elle explique la situation. On a besoin d'aide. Marko nous a volé une chose précieuse et refuse de nous la rendre. Le vieux rechigne. Qu'est-ce que ça peut lui faire ? On n'a qu'à en parler à nos parents. On n'a pas idée de l'emmerder pour si peu.

Le vieillard grommelle et referme la porte. Il n'a pas le temps pour nos conneries. Sophie déteste essuyer un refus. Elle pousse son pied dans l'entrebâillement, insiste. Elle n'a pas terminé et ne compte pas en rester là. L'homme réapparaît, entrouvre les lèvres pour s'opposer, mais elle ne lui en laisse pas le temps, et se tourne vers le chien.

— Elle a l'air d'aller beaucoup mieux.

L'animal gémit, se frotte à ses jambes. Sophie lui caresse la nuque.

— Vous avez de la chance…

À ces mots, le vieillard se trouble. Il n'a pas oublié. Il sait qu'il doit la vie de son clébard à cette famille. Il a juré. C'est son honneur qui est en jeu, et on sait l'importance qu'il revêt dans nos contrées.

Ses yeux braqués sur le chien scintillent dans la lumière de l'après-midi. Il tente d'articuler des phrases, mais nous offre des onomatopées inaudibles, trop confus pour éclaircir sa pensée. Les secondes s'écoulent. Son regard se reconnecte au présent.

— Revenez ce soir avant 22 heures. Marko viendra.

Il claque la porte derrière lui. L'écho se répercute dans la clairière, ricoche sur chacun des arbres avant de laisser place au chant des oiseaux. Sophie pivote sur ses talons dans notre direction, triomphante. Sa bouche laisse échapper un cri aigu de victoire. Marko viendra.

# 21

Dans le hall d'entrée, des bruits de vaisselle retentissent. Je pousse la porte du salon avec précaution et sonde l'énergie de la pièce, comme si ça allait changer quelque chose. J'ai peu de chance d'échapper au courroux paternel.

Deux pas à peine, Papa se retourne vers moi.

— Viens manger, tu dois avoir faim !

Je reste quelques secondes interdit, mais mon père insiste. Maman me lance un signe discret alors que je m'installe. Il ne sait pas. Notre mère fait ça parfois. Elle garde les choses pour elle, comme s'il n'était pas nécessaire de rajouter la colère de notre père à sa peine.

Elle m'avait sauvé la mise la fois où j'avais brisé le cadre contenant la photo de Papy, celle qui trônait sur la commode du salon entourée de bougies à piles. Il était décédé bien avant notre naissance. Papa répétait qu'il était un modèle pour nous tous. J'avais glissé devant le meuble, tenté de me rattraper et emporté le cadre dans mon élan. Les éclats de verre s'étaient répandus dans le salon. Sur la photo, mon grand-père semblait moins sourire qu'avant. Maman avait gueulé. C'était d'une grande valeur sentimentale. Le rouge avait envahi le visage de mon père à son retour du travail. Il exigeait une explication. Notre mère avait prétendu avoir chassé un chat errant de notre salon. L'animal avait entraîné le cadre dans sa fuite. Pas de chance, c'était tout. Mon père avait crié et claqué la porte du garage où il était allé s'isoler. Le regard de Maman m'avait cloué sur place. Pas deux fois.

Comme d'habitude, Thomas ne dit rien, trop occupé à jouer avec sa part de hachis parmentier. Je saisis mes couverts et avale une bouchée. Des cristaux de glace persistent dans la viande hachée. Maman ne l'a pas assez cuit. Ça arrive avec les plats surgelés. Moi, je m'en fous, même si la glace parmentière ne risque pas de garnir les étalages des magasins de sitôt, mais Papa ne le supporte pas. Ce soir, son repas gît intact dans son assiette. Il n'y a pas encore touché. Je l'observe alors qu'il porte la première fourchette à sa bouche. Sa mâchoire se referme, les aliments congelés s'écrasent sous ses molaires. Je vois ses épaules se tendre. Des nuages sombres naviguent dans son regard. Seul le tintement des couverts rompt le silence de la pièce.

Maman tousse dans sa main, ouvre les lèvres puis les referme. Elle va dire quelque chose. Je pense aux appartements, à l'agent aux lunettes dorées. Peut-être devrait-on cesser de prendre nos repas ensemble. Ça empêcherait nos parents de faire ce genre d'annonces.

— Je voulais vous dire quelque chose…

Tout le monde se tait. Maman déglutit :

— J'aimerais recommencer des études. Je ne sais pas encore quoi, mais je sens qu'il est temps, que cela a du sens pour moi.

Elle aimerait développer, mais Papa l'en empêche. Il entame un monologue que personne n'écoute, une tirade où se mêlent le travail, la canicule, des choses banales du quotidien. Tout y passe, tout ce qui peut faire taire notre mère, occuper l'espace, la priver de parole. L'orage gronde derrière ses pupilles. Maman baisse la tête, avale quelques bouchées sans écouter. Les muscles de sa nuque se serrent. Thomas balance les pieds sous sa chaise. Au bout de cinq minutes, Papa finit par arriver à court d'idées. Il achève sa diatribe par un *Voilà*. Tout est dit, tout est clos. Au revoir les études, et vous avez tous intérêt à la fermer.

Ce n'est pas la première fois qu'il utilise cette technique. Son raisonnement est simple : s'il parle, personne ne peut parler. On se souvient tous de la fois où Maman avait voulu déménager. Elle en avait marre de la campagne. Elle désirait nous montrer autre chose, tenter une vie en ville, pourquoi pas la capitale tant qu'on y était. Afin de contrer ce qu'il appelait une lubie, Papa avait parlé à chaque repas sans s'arrêter, jusqu'à ce que Maman décide d'y renoncer. « On verra ça plus tard », avait-elle fini par lâcher au bout de trois semaines de monologues.

On termine nos assiettes en silence. Papa saisit son verre de vin qu'il boit d'une traite. C'est le signal que Thomas attendait. Il se lève de sa chaise et se dirige à l'étage sans un mot. Papa me jette un regard inquisiteur. Je hausse les épaules. On n'est pas autorisés à quitter la table sans l'aval parental, mais à cet instant, je doute du sens que détiennent encore les règles de cette maison. Elles ont maintenant une odeur de pourriture, de renfermé. Un cache-misère face à la décrépitude familiale.

Dans le salon, Thomas réapparaît, classeur en main. Il dépose fièrement le fruit de son travail à côté de l'assiette de Papa avant de reculer d'un pas.

— C'est pour t'aider.

Papa jette un regard circonspect à mon frère avant de l'ouvrir. Les seuls classeurs que Thomas distribue habituellement sont remplis des jouets qu'il aimerait recevoir à ses anniversaires. Il a aussi commencé à découper dans les magazines télé tous les films diffusés en prime time. Il les colle ensuite sur des feuilles A4, les classe par année de sortie, sans qu'on sache pourquoi. Maman dit qu'il est comme sa tante. Il doit tout consigner. Ça lui passera comme une envie de pisser.

Les yeux de notre père parcourent chaque page. La fierté de Thomas se mue en appréhension. Chez Papa, l'orage laisse place à la tempête. Les muscles de sa mâchoire s'agitent. Après avoir examiné une dizaine de feuilles, il referme le classeur et le pousse hors de la table d'un revers de main. Le travail de Thomas s'écrase aux pieds de mon frère, qui sursaute au son de l'impact.

— J'ai pris congé, je ne veux pas travailler.

Papa aplatit son poing sur la table, fait trembler chaque couvert. Personne n'ose lever les yeux. L'horloge de la pièce scande notre angoisse. Il se lève enfin, racle les pieds de sa chaise sur le carrelage et claque la porte du garage derrière lui. Ça va bientôt sentir le pin là-dedans.

Aucun mouvement autour de la table. Un cri étouffé nous parvient. On est habitués. Avec le temps, le garage est devenu la salle d'exutoire de Papa. Un soir, à la télé, ils ont montré des gens qui payaient pour tout casser dans une pièce. Ils appelaient ça une *destruction room*. Papa n'avait pas quitté les yeux de l'écran, absorbé par les images. Il avait trouvé son nouveau passe-temps.

Au bout de ce qui semble une heure, Maman relève la tête, esquisse un sourire et entreprend de débarrasser le repas. Elle ne fait jamais ça. On a deux mains, on n'est pas plus cons que les autres, on est capables de trouver le chemin du lave-vaisselle. Pourtant, ce soir, je rassemble mes couverts et tends mon assiette à ma mère, qui s'enfonce dans la cuisine.

On a l'habitude, avec Thomas, de se retrouver seuls à table. Il n'est pas rare que nos parents écourtent leur repas, bien que Papa répète sans cesse que ces moments sont le ciment familial. Il n'y a pas à dire, le nôtre comporte de fameuses fissures.

# 22

Le soleil a disparu derrière l'horizon, mais il colore le ciel de larges vagues rosées alors que nous foulons à nouveau les cailloux de la clairière. Le chant des oiseaux s'est éteint, laissant place aux grillons. Debout sur le pas de sa porte, le vieux crasseux nous attend, son chien à ses pieds.

Sans nous saluer, il nous invite à le suivre et ouvre un portail en bois à la peinture écaillée qui dévoile son atelier. Un désordre grandiose y règne. Moi qui me plaignais de l'établi du garage.

— J'ai proposé à votre ami de l'aider. Il a accepté. Vous restez là. Vous bougez pas.

Les portes se referment sans prévenir. L'obscurité envahit la pièce. Des rais de lumière transpercent les châssis, nous permettent de distinguer ce qu'il se passe dans la cour. Je glisse un œil devant l'une des fentes.

Le vieux caresse son chien, assis sur une chaise en bois dont il manque le dossier.

Sophie s'installe à mes côtés. Jérôme parcourt la pièce et retient des cris d'admiration. Pourvu qu'on ne reste pas trop longtemps dans cette planque, il finirait par tout emporter. Il y a quelque temps, Jérôme nous a dévoilé son plan pour le musée. La première étape serait l'abri de jardin. Il y décelait un potentiel insoupçonné, et les entrées des visiteurs permettraient certains aménagements. À seize ans, il aurait suffisamment d'argent pour transporter les collections dans un endroit plus grand, et ainsi de suite, jusqu'à franchir les portes de la capitale. Ça prendrait du temps, mais on y arriverait. On avait la vie devant nous, et il n'y avait pas de plan B.

Je me demande si Jérôme a expérimenté sa méthode de séduction sur Sophie, s'il a tourné sa langue dans le sens des aiguilles d'une montre. J'aurais aimé qu'il me parle d'eux, de ce qui grandit devant moi. Un nouveau duo se forme sans que je puisse y prendre part. Nos serments amicaux semblent un lointain souvenir. Au sujet des femmes, Papa est intarissable. Il m'avait prévenu un soir : elles sont celles qui rassemblent mais aussi celles qui nous séparent. Si ses analyses m'ont souvent laissé perplexe, il est possible qu'il ait raison sur ce dernier point.

Au loin, le ronronnement d'un moteur perce le silence. Des lumières blafardes projettent les ombres des arbres sur les alentours. Marko arrive. Le véhicule s'immobilise à quelques mètres du vieillard. La carrosserie luit dans la pénombre. Au village, tout le monde se demande comment Marko s'est offert cette voiture de sport. Un samedi de printemps, il était apparu dans les rues du quartier au volant de son bolide, le bras posé sur la portière, afin que chacun puisse admirer son carrosse flambant neuf. Personne n'aurait pu le manquer. Brigitte, derrière son bar, avait parlé de magouilles, d'autres avaient évoqué l'héritage de sa grand-mère maternelle. Et pendant que le village débattait de son origine, Marko s'assurait que sa carrosserie brille plus que toutes les autres.

Le moteur s'éteint, la portière s'ouvre découvrant le corps flasque de Marko, un sac en papier dans les mains. Le chien du crasseux aboie plusieurs fois avant d'être rappelé à l'ordre par son maître. Marko hésite, sort de sa voiture et se poste devant. Les phares projettent de longs faisceaux aveuglants. Seule sa silhouette se découpe dans la lumière.

Assis sur sa chaise, le vieillard accueille Marko d'un regard entendu.

— Comment vous savez ? lui lance Marko.

Le vieillard ne répond pas. Marko balance son poids d'une jambe à l'autre. Si Papa voyait ça, il l'obligerait à aller faire pipi tout de suite. Tant pis si c'est qu'une goutte, faut pas gesticuler comme ça. Avec lui, t'as intérêt à courir aux toilettes dans la seconde, sauf quand c'est payant. Il ne comprend pas le business des toilettes. C'est qui ces connards qui veulent s'enrichir sur notre dos ? À ce prix-là, ça va devenir le nouvel or. Le capitalisme à son comble. Un jour, faudra payer pour respirer.

Dans la cour, le crasseux se redresse.

— Tu me montres ?

Marko plonge ses doigts sales dans le sac en papier et en extrait le lingot. Mon cœur se serre à la vue de ce trésor. Le regard du vieillard brille dans la nuit tandis que les phares projettent les reflets dorés. Le crasseux glisse sa main droite sous sa chemise, en sort un revolver et le pointe en direction de Marko. Sophie étouffe un cri.

— Dépose-le devant toi.

Marko semble pétrifié. Pas étonnant qu'il ne quitte jamais sa meute. Un général sans armée, voilà ce qu'il est. Tout ça pour un bloc d'or. Il aurait dû se méfier, mais l'avarice l'a rongé et le voilà pris au piège entre les phares de sa voiture, comme une biche au détour d'une route.

Le vieillard insiste.

— Maintenant.

Une purée sonore s'échappe des lèvres de Marko, une flaque claire se forme à ses pieds. Si ses chiens de garde le voyaient, ce serait la révolution. Pas question de se faire gouverner par un paria. Il leur faut un chef, un vrai, un qui ne recule devant rien, pas un flasque qui se vide face à l'ennemi. On a vu des têtes coupées pour moins que ça. Les gouvernés sont sans pitié.

Le vieux hurle désormais.

— Maintenant !

Marko s'exécute, puis se redresse sans quitter l'arme des yeux. Il lève ses bras au-dessus de son crâne, recule vers la portière de sa voiture qu'il tente d'ouvrir à tâtons.

Le ronronnement du moteur zèbre le calme de la clairière. La lumière des phares laisse place au néant. Un soulagement nous gagne, mais notre joie s'éteint rapidement. Sur sa chaise, le crasseux tient le lingot dans ses paumes, absorbé par les éclats qu'il dégage.

— Merci, lâche Sophie.

Le vieillard ne réagit pas. Jérôme claque des doigts devant le visage de l'homme. Le son le sort de sa torpeur, des yeux devenus fous nous observent.

— Vous pouvez nous le rendre maintenant.

Jérôme approche sa main du bloc d'or, mais le vieux esquive le geste et l'envoie au sol. Jérôme mange la poussière de la cour, porte ses mains à son visage tuméfié.

— C'est à moi. Cassez-vous !

Je me lance sur le lingot, suivi par Jérôme qui s'est relevé. Le vieillard s'écroule au sol sous notre poids. Nos mains s'entremêlent autour du trésor. Au-dessus de nos têtes, le chien aboie sans cesse, puis referme ses crocs sur ma semelle. Ses dents raclent ma chair. Je pousse un cri, lui décoche un coup de pied dans la mâchoire. Il gémit.

Le vieux se redresse, ses muscles noueux se mobilisent sous sa salopette. Il nous projette au sol, dans la poussière, et pointe le canon du revolver dans notre direction. Face à la menace, mon esprit se vide. Rien ne peut nous sortir de là.

Un sifflement retentit dans l'atelier. Sophie, un chalumeau brûlant entre les mains, se dresse face au vieillard.

— Tu lâches ça tout de suite !

L'homme rit de tant de bravoure. Une mijaurée comme toutes les autres. Il pointe le revolver dans sa direction, mais Sophie ne se laisse pas impressionner. Elle en a vu d'autres, des hommes qui pensent qu'elle devrait plutôt jouer aux Barbies et porter des jupes plus courtes pour que de vieux nostalgiques la regardent de leurs yeux dégoulinants. Son père lui a toujours dit de ne jamais se soumettre à un homme. Il n'avait pas toujours été un exemple, mais il ne voulait pas que sa fille soit réduite à rien, obligée de suivre un crétin qui pense tout savoir mieux qu'elle. Sophie, elle, s'étonnait sans cesse de l'aplomb avec lequel les hommes se dressaient face à elle, omnipotents, comme s'ils détenaient forcément la vérité sur le monde.

D'un geste brusque, elle envoie le chalumeau dans des couvertures et s'enfonce dans l'atelier. Un coup de feu. Un impact. La balle s'est logée dans une armoire métallique. Déjà, les flammes se propagent à la structure, et grignotent le bois vermoulu des châssis.

Le vieillard pousse un cri de détresse, se jette sur le feu, oublie pour un temps le lingot et son revolver. Il agrippe des couvertures, les lance sur les flammes, encore et encore. Rien n'y fait.

Je m'avance et saisis le bloc d'or gisant sur le sol à quelques mètres du crasseux. Sophie nous rejoint et nous implore de quitter la clairière. Il ne faut pas rester là. On s'enfonce en courant dans le bois illuminé par le brasier. L'orange se bat contre l'obscurité, avale le noir de la nuit. Jérôme ralentit le pas, nos regards se tournent vers la maison. L'incendie mange désormais le toit, caresse la cime des arbres sous les pleurs du vieux qui danse comme un fou face à la fournaise.

Devant les flammes, je pense à Joël, le frère de Maman. Il vivait seul et s'était réveillé dans son lit en toussant. Une épaisse fumée remplissait sa chambre. Le feu avait envahi le rez-de-chaussée. Un chargeur oublié. Il n'avait rien pu sauver, pas même son chat. Il avait gardé comme seule relique un vieux réveil à pile à moitié fondu, dont les aiguilles tournaient encore. Joël était resté chez nous plusieurs semaines, à dormir sur le divan, à se laisser servir sans broncher et surtout, à zapper sans cesse. Il ne restait jamais plus de deux minutes devant la même émission. Papa avait fini par gueuler. Ce glandeur allait nous rendre épileptiques à force de changer de chaîne à ce rythme. Maman se voulait compatissante. Il avait tout perdu. Et quant à participer à la gestion du foyer, elle proposait que notre père donne l'exemple. Ça avait tout réglé. Nous, on l'aimait bien, Joël. Il jouait avec nous, et ça nous changeait. Au bout d'un mois, nos parents lui avaient trouvé un appartement pas cher mais minable au bord de la nationale et souhaité bon vent. Papa lui avait conseillé de faire gaffe aux allumettes cette fois-ci.

Surpris par l'ampleur de l'incendie, Sophie et Jérôme ne peuvent détourner les yeux. Leurs doigts s'entremêlent, s'agrippent pour se donner le courage d'affronter la suite des événements. Maman dit que la peau parle pour nous. Des messages entiers y transitent, mais on est bien trop bête pour les déchiffrer, focalisés sur les mots que les gens vident de leur sens. Des larmes roulent sur les joues de Sophie. Elle ne voulait pas ça, je le sais.

La seule fois où elle a sorti ses allumettes pour se venger, c'était pour embraser les poubelles des voisins qui l'insultaient parce qu'elle avait osé refuser leurs avances. Une fumée épaisse et nauséabonde s'était élevée dans les airs, avait glissé vers la maison de ses ennemis, l'enrobant d'une odeur fétide qu'une semaine n'avait pas suffi à atténuer.

Dans la clairière, les cris du vieillard redoublent d'intensité. Son désespoir nous transperce l'âme. Je recule sous la chaleur qui s'intensifie à chaque seconde.

Déjà des voisins sortent sur le trottoir, surpris du spectacle qui s'offre à eux. La canicule a tout asséché, le feu se propage à toute vitesse, embrase la moindre parcelle. Des sirènes retentissent au loin et m'extraient de mes pensées. J'abandonne mes amis face au désastre. Je dois rentrer à la maison.

# 23

Je traverse le village en courant, dans les rues éclaboussées par les lumières des gyrophares. Dire qu'avant je rêvais d'être pompier. Je collectionnais les camions rouges et prétendais éteindre des incendies imaginaires dans notre salon. Du haut de mes six ans, je rêvais d'un métier reposant, certain qu'il n'y avait pas souvent le feu. Mes parents s'étaient assurés de détruire mes illusions. Les pompiers intervenaient dans une foule de situations, et les incendies étaient plus fréquents que ce que je croyais. Ça avait suffi à éteindre mon envie de camion à échelle télescopique. Pas question d'avoir à sauver tout le monde à tout moment. Non merci.

J'allonge mes pas, ronge le bitume, le lingot serré contre mon torse. J'aimerais crier qu'on pourrait trouver une solution ensemble. Un nouveau départ est possible. Tout est possible si on le souhaite vraiment, mais Papa a toujours fustigé ces hippies qui croient que l'amour nous sauvera et ce grand mec aux cheveux longs qui voudrait qu'on s'aime les uns les autres. Est-ce qu'ils avaient ouvert les yeux, ceux-là ? Les hommes s'entre-tuaient. On n'avait pas besoin de leurs niaiseries. Alors l'entraide, autant dire qu'on pouvait se la foutre là où il pensait.

Posé sur une chaise, Papa m'observe pousser la porte du salon avec un regard brisé. La dernière fois que je l'ai vu dans cet état, c'était quand Nany était tombée dans les escaliers pour ne jamais se relever. Papa avait déambulé dans la maison comme un zombie, partant travailler sans un mot, et s'asseyant dans le divan à son retour. Ça avait duré deux mois. Maman nous avait réunis avec Thomas dans ma chambre un soir. Il y avait des choses dans la vie qui étaient difficiles à accepter. La mort de Nany en faisait partie. Chacun de nous trouvait sa manière d'y faire face. Nous aussi, on était tristes pour elle, elle le savait évidemment, et louait notre force face à cet événement. En vérité, les chiques au café qu'elle nous refilait dès que nos parents tournaient le regard nous manquaient plus que tout, mais on n'avait pas osé en parler.

Assis sur un des fauteuils, Thomas triture le nez d'un avion de papier. Pas de traces de ma mère dans la pièce.

Des pas retentissent sur les marches de l'escalier. Maman nous rejoint, pose une valise à ses pieds, celle qu'on avait emmenée à la mer et plus jamais ressortie depuis. Un déluge de fonte s'abat sur mes épaules. Je suis incapable de bouger, les yeux rivés sur le bagage usé. Ma mère s'avance vers moi, glisse ses doigts dans mes cheveux. Des vapeurs de cannelle m'enveloppent. Je respire ce parfum qui déjà me manque.

— Je reviendrai vous chercher demain.

J'aimerais la retenir, lui montrer le lingot, la convaincre de rester, mais je sais que tout l'or du monde n'y changera rien. Un nouveau départ forcé se dresse là, face à moi. Ce n'est pas celui que j'espérais, mais quelque chose en moi sait qu'il n'y avait plus rien à sauver. J'enlace la taille de ma mère. Ses hanches se raidissent sous mes doigts. Maman n'est pas tactile. Une caresse rapide, un baiser furtif sont des gestes d'affection intenses pour elle. Prendre quelqu'un dans ses bras, même ses propres enfants, demande un effort démesuré. Elle a pourtant essayé de se libérer d'un carcan familial rigide hérité de son enfance, en vain. Elle prévenait. *C'est pas que je vous aime pas.* Mais elle nous préférerait à une distance respectable. Papa aussi avait bataillé, se plaignant d'avoir une relation à distance avec sa propre femme. Elle était comme ça, elle n'y pouvait rien. Avec Thomas, on se dit qu'ils ont dû se toucher au moins deux fois, mais on préfère ne pas trop y penser.

Collé à ma mère, absorbant sa chaleur, je pense aux appartements en crépis, à cette vie qui nous attend, à ces semaines, ballottés entre nos parents, et renforce mon étreinte. Certains enfants voient plein d'avantages à la séparation. Tout se vit en double, cadeaux compris. Moi qui galère déjà avec une vie, me voilà servi d'une ration double.

J'aimerais ne pas bouger, m'enivrer de cannelle jusqu'à en crever, mais Maman dépose un baiser sur mon front, et recule de quelques pas. Son gloss à la pêche colle sur ma peau.

On l'observe partir sans rien dire, comme les derniers des cons. Elle saisit sa valise, nous jette un dernier regard empreint d'amour et sort de la maison sans bruit.

Je baisse les yeux où perlent des larmes. Y a rien de pire qu'un homme qui pleure. On n'est pas censé faire ça. On n'est pas des mauviettes. Seulement voilà, ce moment finit par arriver. Tout le monde le sait. Et le torrent qui se déverse charrie dans son flot les sanglots refoulés avant lui. Y a rien de pire qu'un homme qui pleure, c'est vrai, parce que cette lame de fond vous saisit sans prévenir et vous vide des sentiments réprimés. Inutile de lutter, le barrage a cédé.

Mes larmes s'écrasent sur le carrelage du salon. Un trou s'est formé dans ma chaussure et laisse apparaître la pointe de mon orteil. Je remue mon pied écorché. Aucun son ne semble vouloir perturber le silence. Thomas noie des larmes dans son avion, recroquevillé dans le fauteuil.

Un reniflement. Un raclement de gorge. Une déglutition. Papa projette sa chaise contre le carrelage et fracasse la table en verre d'un coup de pied. Des éclats constellent le sol. Il sait que c'est la fin. Il a perdu. Rien ne sera comme avant.

Des objets traversent l'air, se brisent sur les murs. Je suis au milieu de la pièce de destruction. J'envoie Thomas dans ma chambre. Il doit fermer la porte à clé et compter jusqu'à mille. Ça fait des mois qu'il s'entraîne. Le plus dur est de ne pas perdre le fil. Je compte sur lui pour y parvenir, lui promets de revenir bientôt.

Dans le salon, Papa s'attaque désormais à l'ordinateur. Fini les vols transatlantiques. Il saisit le clavier, le brise en deux sur le bureau et envoie l'écran s'écraser au-dessus de la télévision. Un rugissement sort de sa gorge, ses yeux se remplissent de larmes. Il s'écroule sur le sol, adossé au mur, et pleure comme un enfant. Les digues ont lâché. Mon père ne contrôle rien, il n'a jamais rien contrôlé. Il a pourtant travaillé sans cesse à entretenir cette illusion.

Je m'assieds à ses côtés et le serre dans mes bras. Il pose sa tête sur mon épaule, lutte contre les sanglots qui secouent son corps. Là, agenouillé dans le salon, accueillant le chagrin de mon père, je me dis que parfois, dans la vie, les rôles peuvent s'inverser. Les enfants finiront par s'occuper de leurs parents, par changer leurs couches comme des bébés. Je ne m'attendais pas à ce que ça commence si tôt.

L'étreinte se desserre, Papa camoufle ses larmes et les sillons rouges qui constellent ses joues. Il se lève sans un mot, s'enfonce dans le garage en claquant la porte. L'orgueil a ressurgi au milieu des flots. On ne pleure pas devant ses enfants, à la face du monde.

Le silence s'enracine dans la maison. Des lueurs orangées valsent sur les murs du salon. La nuit vit aux couleurs de l'incendie.

# 24

Dehors, des sirènes crèvent l'obscurité. J'enfourche mon vélo, sac en bandoulière. Le village entier s'est réuni autour du brasier. La kermesse ne fait pas mieux. Ça crame chez le crasseux. Le mot a tourné. Certains se réjouiront de ce signe du destin. Il n'avait qu'à être comme tout le monde. On ne nuit pas impunément à la paix des quartiers.

Je pousse sur les pédales et dépasse les badauds. Toute la clairière est désormais en proie aux flammes. Les cris du vieillard continuent de percer le rugissement du brasier. Au milieu de la foule contenue par les pompiers, les regards de Jérôme et Sophie accrochent le mien. Ils m'appellent, m'implorent de m'arrêter, mais je continue mon chemin sans me retourner.

Je roule dans la nuit sous la pleine lune qui éclaire chacun de mes efforts de ses puissants rayons. Une intense clarté baigne le paysage d'une lumière saphir et lutte contre l'orange de l'incendie qui déjà s'efface. Je traverse le vent brûlant, fends la pénombre sur mon vélo. Mes mollets se tordent sous les impulsions, mais je soutiens le rythme, je recherche cette souffrance du corps, qu'elle fasse écho à ma détresse. Chaque poussée me rend vivant.

J'observe les Caraïbes au milieu de la nuit pour la première fois. Le lac s'impose à moi, majestueux et paisible, miroir de cette nuit étoilée. Seul le murmure de la nationale perturbe son calme. Je dépose mes vêtements sur la rive, devant cette étendue noire, et m'immerge. Le froid m'imprègne, ronge ma peau, défie mes muscles et mord chaque os de mon corps.

Debout face au lac, je repense à Jérôme, plongé dans une bassine remplie de glaçons, tout ça parce qu'à la télé, des mecs bodybuildés frémissaient dans des piscines de glace pour se rendre plus résistants. On avait profité de l'absence de sa mère pour tester cette technique de haut niveau. Pile pour moi, face pour lui. La pièce s'était envolée au-dessus de nos têtes avant de s'écraser au sol, révélant le profil flasque de notre roi. Jérôme avait perdu. Je gardais les yeux sur ma montre pour faire le décompte à voix haute. À trente, Jérôme avait bondi hors de l'eau, la peau bleuie. Personne n'a jamais rien su de cette expérience. On a balancé la bassine au fond du jardin, étalé les glaçons sur la pelouse et espéré qu'ils fondent avant le retour de sa mère. Elle avait retrouvé son fils enroulé dans sa couette, fiévreux. Une sinusite, voilà ce qu'il avait récolté. Y avait que lui pour se choper un truc pareil avec 25 degrés à l'ombre. J'avais haussé les épaules et embarqué un cookie pour le chemin du retour. Il n'avait pas de chance, c'était tout.

J'installe mon sac en bandoulière et m'élance dans l'étendue sombre. Des voix s'élèvent au loin, crient mon nom, mais je m'enfonce dans les eaux du lac. Au-dessus du puits qu'il abrite, je relève la tête, dessine de rapides mouvements pour me stabiliser à la surface, et saisis le rectangle doré de mes deux mains. Il me fait face, puissant et vibrant. Il m'appartient. À moi, Alex. Pour toujours.

Un soir d'automne, Maman était venue me retrouver dans ma chambre. Sa meilleure amie était décédée deux jours plus tôt d'un cancer. Ma mère s'était appuyée sur le bureau, avait embrassé le sommet de mon crâne, et m'avait assuré que si les choses ne semblaient pas toujours nous sourire, il y avait pourtant une lumière qui brillait là, dans le néant, et il nous appartenait de lui répondre. Son amie lui manquerait, mais elle replongerait dans sa mémoire et chérirait les moments passés avec elle. C'était ça, sa lumière à elle, alors qu'elle traversait l'ombre.

J'étais resté sans voix, accoudé à mon bureau, incapable de comprendre pourquoi elle me réservait ces conseils. Mais il y a des mots qui ne vous quittent pas et ressurgissent au moment où vous vous y attendez le moins.

Je tends alors les bras, le lingot dans les mains, au-dessus des profondeurs. Je ferme les yeux. Une sensation de calme s'empare de moi. Je la laisse s'installer. Le bloc glisse le long de mes paumes, quitte mes doigts et disparaît, mangé par la pénombre. Mon cœur se serre alors que les reflets dorés s'évanouissent dans les tréfonds de ce lac, désormais gardien de mon trésor.

Sur la berge, les cris ont redoublé d'intensité. Jérôme et Sophie se jettent à l'eau. Leurs mains me saisissent et me ramènent vers le rivage.

Je reprends mon souffle, couché dans l'herbe, enveloppé de la chaleur nocturne. Jérôme et Sophie observent le sac vide, comprennent et ne disent rien. Il n'y a rien à dire. Il arrive un moment où les mots sont superflus. Je profite du confort que m'offrent mes amis, me dis qu'il est rare de connaître des personnes que le silence ne gêne jamais.

Au bord de l'eau, je laisse la nuit entrer en moi. Elle me dévore, répand sa douceur et son mystère. Sophie pose sa tête sur l'épaule de Jérôme, passe sa main fraîche sur mon visage.

Il y a des moments qu'on souhaiterait éternels. On voudrait les vivre à répétition, jusqu'à plus soif. Sophie appelle ça ses *retours sans fin*. Elle se couche sur son lit, ferme les yeux, et tente de retrouver les émotions des moments qu'elle chérit tant.

Assis sur la berge de cette eau aux reflets de pétrole, je clos mes paupières un instant, enregistre chaque seconde de ce soir d'été, imprime chaque mouvement. Pour le revivre encore. Le revivre toujours.

— On recommencera, autrement, lance Jérôme.

## 25

Au loin, les nuages s'amoncellent. Des éclairs rayent l'horizon. Je roule à n'en plus finir, dans l'ardeur de la nuit, sans savoir où cela me mène.

Je pousse un cri de rage, long et puissant. Un cri contre toute cette vie, un cri pour cette vie même. Cette vie qu'on affectionne et qu'on déteste, cette vie qui n'est pas, qui ne sera jamais. Un cri qui détruit tout sur son passage. La bonne conscience, la bienséance, les assauts et inepties du quotidien. Un cri animal, d'une énergie folle, qui réveille la bête en moi, me libère.

*Oui, tout est possible. Tout recommence. Tout est à faire.*

Alors, je me redresse, bombe le torse, et écarte les bras, en équilibre sur mon vélo. Je me laisse aller, lâche prise à travers la nuit.

C'est certain, c'est l'année la plus chaude de tous les temps.

# Remerciements

Noémie, pour son soutien au quotidien, ses avis éclairés et son enthousiasme sans faille.
Louve, pour son énergie sans fin.
Mahir et Jeanne, pour leur confiance, leur écoute attentive et leurs conseils avisés.
Ma famille, pour avoir toujours été là.
Les habitants de la Communauté de la Verte Voie, pour ces liens si précieux durant ces temps sans précédents.
Margaux Vanhaesendonck pour le temps consacré et sa fidélité.

CET OUVRAGE A ÉTÉ COMPOSÉ PAR NORD COMPO
ET ACHEVÉ D'IMPRIMER
PAR GRAFICA VENETA (35010 TREBASELEGHE)
POUR LE COMPTE DES ÉDITIONS J.-C. LATTÈS
17, RUE JACOB – 75006 PARIS
EN FÉVRIER 2021

JC Lattès s'engage pour l'environnement en réduisant l'empreinte carbone de ses livres. Celle de cet exemplaire est de :
550g éq. $CO_2$
Rendez-vous sur www.jclattes-durable.fr

PAPIER À BASE DE FIBRES CERTIFIÉES

N° d'édition : 01
Dépot légal : avril 2021
*Imprimé en Italie*